Ich schenk dir eine
Geschichte 2017

cbj

Welttag des Buches 2017

Wir danken den Buchhandlungen, die mit ihrem Einsatz dieses Buch und den Welttag unterstützen.

Weiterhin danken wir den Kultus- und Bildungsministerien der Länder für ihr Engagement im Rahmen der Buchgutschein-Aktion.

Nicht zuletzt gilt unser Dank folgenden Firmen, mit deren freundlicher Unterstützung dieses Buch ermöglicht wurde:

Igepa group GmbH & Co. KG, Hamburg und Hellefoss AS, Hokksund, Norwegen (Textpapier)

Papyrus liefert den Umschlag von Billerudkorsnäs

Uhl + Massopust, Aalen (Satz und Repro Innenteil)

Repro Stegmüller, München (Umschlagrepro)

GGP Media GmbH, Pößneck (Druck/Bindung)

VVA Vereinigte Verlagsauslieferungen, Gütersloh

Ich schenk dir eine Geschichte 2017

Henriette Wich

Das geheimnisvolle Spukhaus

Mit Illustrationen von Timo Grubing

Herausgegeben von
der Stiftung Lesen
in Zusammenarbeit
mit der Verlagsgruppe
Random House,
der Deutschen Post AG
und dem ZDF

cbj

Der Verlag weist ausdrücklich darauf hin, dass im Text enthaltene externe Links vom Verlag nur bis zum Zeitpunkt der Buchveröffentlichung eingesehen werden konnten. Auf spätere Veränderungen hat der Verlag keinerlei Einfluss. Eine Haftung des Verlags ist daher ausgeschlossen.

FSC
www.fsc.org
MIX
Papier aus verantwortungsvollen Quellen
FSC® C014496

Verlagsgruppe Random House FSC® N001967

Einmalige Sonderausgabe April 2017

Umschlagbild: Timo Grubing
Umschlaggestaltung: Init GmbH
Innenillustrationen: Timo Grubing
cl · Herstellung: sto
Satz: Uhl + Massopust, Aalen
Druck und Bindung: GGP Media GmbH, Pößneck
ISBN 978-3-570-22632-2
Printed in Germany

www.cbj-verlag.de

Vorwort

Der 11-jährige Moritz liebt alles, was mit Gespenstern zu tun hat. Für ihn kann es gar nicht gruselig genug sein. Da wundert es nicht, dass das tollste Geschenk zu seiner Geistergeburtstagsparty ein Buch von seiner Tante mit Gespensterwitzen ist. Ob sie Moritz dieses Buch wohl auch geschenkt hat, weil in letzter Zeit einige sonderbare Dinge in ihrem Haus geschehen? Schnell ist klar, dass sie dringend Hilfe von einem echten Geisterexperten benötigt. Daher bittet sie Moritz, gemeinsam mit seiner Cousine Stella und seinem Cousin Kamil, dem Spuk auf die Spur zu kommen. Eine packende Gespensterjagd beginnt und selbst in seinen kühnsten Träumen hätte sich Moritz nicht vorstellen können, was er dabei alles erlebt … und findet.

»Das geheimnisvolle Spukhaus« wurde von Henriette Wich speziell zum Welttag des Buches geschrieben und wir hoffen, dass du Spaß mit der spannenden Geschichte haben wirst. Über eine Million Schülerinnen und Schüler freuen sich auch in diesem Jahr mit dir, eine Geschichte von ihrer Buchhandlung geschenkt zu bekommen, indem sie dort ihren Buchgutschein gegen ein Exemplar des Welttagbuches eintauschen. Wir bedanken uns bei allen Buchhandlungen und den vielen Lehrerinnen und Lehrern für ihren Einsatz. Erst ihre Mithilfe macht die bundesweite Verschenkaktion möglich und so erfolgreich.

Am Ende des Buches findest Du auch in diesem Jahr die Geschichte in Bildern. So kannst du sie nochmal entdecken und auch Kinder, die nicht so gut Deutsch sprechen, können sie verstehen. Vielleicht entdeckt ihr gemeinsam ganz verschiedene Dinge und könnt euch gegenseitig davon erzählen?

Nun aber auf ins Gruselabenteuer und rein in das geheimnisvolle Spukhaus!

Markus Niesen
Verleger und Geschäftsführer cbj Verlag

Dr. Frank Appel
Vorstandsvorsitzender der Deutschen Post AG

Dr. Jörg F. Maas
Hauptgeschäftsführer der Stiftung Lesen

Thomas Bellut
Intendant des ZDF

1. Kapitel

Gruselparty

Alles fing ganz harmlos an, mit einer Spinne. Moritz lag auf dem Bett und ließ das Tierchen mit den langen behaarten Beinen fröhlich über seine Hand krabbeln.

»Dingdangdong!«, machte die Glocke an der Haustür.

Die Spinne zuckte zusammen. Gleichzeitig hörte das Rauschen aus dem Bad nebenan auf.

»Moritz, gehst du bitte hin?«, rief Mama. »Bin unter der Dusche.«

»Äh … Ich weiß nicht, ob das so eine gute Idee ist«, rief Moritz zurück.

Aber Mama hatte das Wasser schon wieder aufgedreht und hörte ihn nicht.

»Dingdangdong!«, läutete es ein zweites Mal.

»Tut mir leid, Kumpel«, seufzte Moritz. Vorsichtig setzte er die Spinne auf dem Tisch ab, wo sie sofort die Flucht ergriff und mit unbekanntem Ziel über die Kante verschwand.

Moritz stand auf und ging zum Fenster. Normalerweise konnte er von dort erkennen, wer unten an der Haustür stand. Heute sah er nur trübe Fischsuppe. Nebel mitten im Sommer, am 12. Juli, am helllichten Nachmittag! In dicken, feuchten Wolken waberte er durchs gekippte Fenster herein. Echt verrückt. So was hatte Moritz noch nie erlebt.

»Dingdangdong, dingdangdong, dingdangdong!«

Mannomann, da wollte aber jemand wirklich unbedingt rein. Moritz stürmte die Treppe hinunter und riss die Haustür auf.

Draußen stand Ingrid, die freundliche Postbotin mit ihrem gelben Fahrrad. Sie hatte einen Stapel Briefe und Karten unter dem Arm, deutlich mehr als sonst. Ingrid erzählte normalerweise munter drauflos. Heute starrte sie Moritz nur an, machte den Mund weit auf und schnappte nach Luft.

Moritz grinste. »Keine Angst, ich bin schon seit 999 Jahren tot und ganz harmlos. Huuaaah! Hier kommt Moritz, der düstere Geist aus dem Moor!«

Ingrid hatte wieder genug Sauerstoff getankt, um sprechen zu können. »Mensch, Moritz! Hast du mich aber erschreckt. Ich hab dich auf den ersten Blick echt nicht erkannt.«

»Tut mir leid, das wollte ich nicht«, sagte Moritz.

Einerseits war er schon ein bisschen schuldbewusst. Andererseits konnte er kaum verbergen, wie sehr er sich freute. Dramatisch breitete Moritz beide Arme aus. »Tatatataaa!«

Schwarze, lange Stofffetzen hingen an seinen Armen herab. Die sahen aus, als ob er gerade aus dem Moor aufgetaucht und noch voller Schlamm wäre. Das ganze Kostüm war pechschwarz, auch die Schuhe. Als Kontrast dazu hatte Moritz sich die Hände und das Gesicht weiß angemalt.

»Super Verkleidung.« Ingrid drückte ihm lächelnd die Post in die Geisterhand. »Aber ist es nicht ein bisschen zu früh für Halloween?«

Moritz nickte. »Eigentlich schon. Aber ich hab heute Geburtstag und meine Freunde zu einer Gruselparty eingeladen.«

»Ach so. Jetzt verstehe ich. Herzlichen Glückwunsch! Wie alt bist du denn geworden?«

»Elf Jahre.«

»Schon so groß! Dann ist das hier bestimmt lauter Geburtstagspost für dich.«

»Kann gut sein«, sagte Moritz. »Wollen Sie heute Abend auch zu meiner Party kommen? Es gibt Spinnenmuffins, Gespenstertoast und blutige Gruselfinger.«

Ingrid schwang sich wieder aufs Fahrrad. »Danke, lieb von dir, Moritz, aber ich hab heute Abend schon was anderes vor.« Sie klingelte, düste los und wurde schon nach ein paar Metern vom Nebel verschluckt.

Moritz ging zurück ins Haus und grinste in sich hinein. Schade, dass Ingrid keine Zeit hatte. Bei den Gruselfingern verpasste sie wirklich was. Moritz machte einen Abstecher in die Küche und probierte einen der länglichen Kekse, die zum Abkühlen auf einem Kuchengitter lagen. Er hatte extra dünne Mandelblätter ausgesucht und mit Marmelade angeklebt. Sie sahen täuschend echt aus, wie Fingernägel.

»Hm, scher gut!«, nuschelte Moritz und nahm seinen angeknabberten Keks mit ins Wohnzimmer.

Dort war sein Geburtstagstisch aufgebaut. In der Mitte thronte ein großer Blumenstrauß, in dem elf Fledermaus-Lollies steckten. Daneben stand der Marmorkuchen mit den Geburtstagskerzen. Die Geschenke, die er heute beim Frühstück von seinen

Eltern bekommen hatte, waren noch in buntes Papier eingewickelt. Moritz wollte sie erst heute Abend auspacken, zur Krönung seiner Geburtstagsparty. Ein Päckchen hatte der Mann vom Paketdienst schon gestern geliefert. Es klebten jede Menge Sticker drauf: Gespenster, Kürbisse, Totenköpfe und Spinnen. Was Tante Isabella ihm wohl diesmal geschickt hatte? Sie war seine Lieblingstante und hatte immer super Ideen. Am liebsten hätte Moritz das Päckchen sofort aufgemacht.

Um sich abzulenken, ließ er sich aufs Sofa fallen und las die Geburtstagskarten von Oma und Tante Eva und den Brief von seinem Patenonkel Bernd. Die Verwandten wünschten ihm alles Gute und viel Spaß bei seiner Party. Den würde er garantiert haben!

Mama kam frisch geduscht ins Wohnzimmer und wuschelte Moritz durch die Haare. »Sag mal, du Geist aus dem Moor: Hast *du* in der Küche überall schwarze Spuren hinterlassen?«

»Ich??«, rief Moritz gespielt empört. »Das muss das Schokomonster gewesen sein.«

Mama lachte. »Alles klar. Dann gehe ich mal und beseitige das Küchen-Chaos. Deckst du inzwischen den Tisch? In einer Stunde kommen deine Gäste.«

Schon so bald? Moritz sprang wie ein Flummi vom Sofa hoch. Es gab noch so viel vorzubereiten!

Zum Glück kam Papa heute früher von der Arbeit nach Hause. Er schleppte die schweren Getränke-Kästen und hängte im Garten zwischen den Bäumen Kürbis-Lampions auf. Als der Tisch fertig gedeckt und alles schön gruselig dekoriert war, rieb sich Moritz zufrieden die Hände. Es konnte losgehen.

»Dingdangdong!«, läutete die Glocke.

»Huaaah!«, begrüßte Moritz ein klappriges Skelett. »Na, Bruder, wie lange bist du schon tot?«

»3571 Jahre«, antwortete sein bester Freund Lukas.

Moritz schnaubte. »Angeber!«

Schlag auf Schlag kamen nun die übrigen Gäste. Eine Hexe war dabei, ein Zauberer, ein Zombie, ein Vampir, eine Mumie und ein Teufel. Papa machte von jedem ein Foto. Danach stürzten sie sich auf die Gespenstertoasts, verputzten die Spinnenmuffins und knabberten an den Gruselfingern. Dazu schlürften sie giftgrüne Bowle, in der glibberige Zombie-Augen schwammen.

»Und – wer will jetzt spuken?«, fragte Moritz in die Runde.

»Ich!«, brüllten alle gleichzeitig und rannten nach draußen.

Im Garten verzogen sich gerade die letzten Nebelschwaden. Die Kürbis-Lampions leuchteten wie Monster-Glühwürmchen. Papa kam auch mit und machte wieder Fotos.

»Huhuhuuu!« – »Klapperklapper!« – »Zischsch!« – »Uuuarggg!« Die unheimlichen Wesen veranstalteten einen Höllenlärm, spukten und tobten gemeinsam durch den Garten.

Moritz schwebte seinen Freunden hinterher. Er schnappte mit seinen schwarzen Fetzen-Armen nach ihnen und drohte immer wieder mit röchelnder Stimme: »Jetzt bringe ich dich ins Moor. Dort wirst du im tiefen, tiefen Schlamm versinken!«

Die meisten liefen schreiend davon. Nur bei Emma hatte Moritz Pech. Die hatte sich nämlich als Waldhexe verkleidet und krächzte: »Das Moor kenne ich sehr gut. Du wirst dich darin verirren und *nie* mehr herausfinden.«

Moritz röchelte noch lauter. »Hahahar, von wegen! Ich bin doch ein Moorgeist!«

Sie spukten so lange weiter, bis sie vor Lachen Seitenstechen bekamen. Dann gingen sie rein und

Moritz packte seine Geschenke aus. Es waren lauter tolle Sachen dabei, aber am meisten freute er sich über das Buch von Tante Isabella: *Die besten Gespensterwitze*.

Lukas kratzte sich an seinem Totenschädel. »Lies mal einen Witz vor.«

Moritz blätterte eine Weile im Buch. »Ja, der ist gut: Warum können Gespenster keine Fußballprofis werden? – Weil sie zu durchsichtig spielen!«

2. Kapitel

Der Morgen danach

Moritz wachte todmüde und mit einem tierischen Muskelkater auf. Er hatte noch bis spät in die Nacht Gespensterwitze gelesen. Und der Muskelkater kam davon, dass er gestern so viel mit seinen Geisterarmen herumgefuchtelt hatte. Jetzt taten die natürlich höllisch weh. Aber Moritz bereute nichts. Als Geist aus dem Moor hatte er wirklich alles gegeben. Hoffentlich hatte Papa ordentlich viele Fotos gemacht.

Moritz flitzte schnell ins Bad und wusch sich am Waschbecken die Reste der weißen Schminke ab. Dann rannte er die Treppe hinunter in die Küche. Mama und Papa saßen schon beim Frühstück. Es duftete nach frischem Hefezopf.

Moritz nahm sich ein Stück und rutschte neben Papa auf die Eckbank. »Zeig mal die Fotos her!«

Die Bilder waren richtig gut geworden. Mannomann, sahen sie alle zum Fürchten aus! Am besten gefiel Moritz das Foto, auf dem er und Lukas miteinander kämpften. Da flogen die Fetzen.

Mama lächelte. »Das war die beste Gruselparty, die ich je erlebt habe. Und so viele tolle Geschenke hast du bekommen. Denk bitte daran, dich bei Tante Isabella zu bedanken.«

»Klar«, sagte Moritz. »Wollte ich sowieso machen. Ich schicke ihr gleich eine Nachricht.« Er prostete Mama mit dem letzten Glas Zombie-Bowle zu. Dann zog er sein Handy aus der Hosentasche und wollte lostippen.

Mama runzelte die Stirn. »Schreib deiner Tante doch lieber einen Brief«, schlug sie vor.

Moritz stöhnte: »Muss das sein? Mit dem Handy geht es viel schneller.«

»Aber ein Brief ist schöner«, sagte Mama.

Moritz gab es nur ungern zu, aber eigentlich hatte Mama recht. Ein Brief war wirklich etwas ganz Besonderes. Moritz freute sich auch immer, wenn er eine persönlich geschriebene Karte oder einen Brief bekam, so wie gestern zum Geburtstag.

Nach dem Frühstück holte er seinen Schulranzen und breitete sich mit seinen Sachen auf dem Küchentisch aus. Erst kaute er eine Weile auf seinem Füller herum, aber dann fiel ihm plötzlich ganz viel ein. Er schrieb einen richtig langen Brief und malte ein schauriges Gespensterbild dazu.

Liebe Tante Isabella,
vielen, vielen Dank für das tolle Gespensterbuch!
Ich hab meinen Freunden gleich einen Witz vorgelesen,
und wir haben uns schlapp gelacht.
Die Party war vol gruselig und mein Kostüm noch
gruseliger. Ich hab mich als Geist aus dem Moor
verkleidet. Stell dir vor: Unsere Postbotin hat mich

nicht erkannt! Sie ist richtig erschrocken,
als sie mich gesehen hat.
Wenn du diesen Brief liest, weißt du schon,
wie mein Kostüm aussieht. Ich schicke dir
nämlich gleich ein Händy-Foto. Hoffentlich
hast du dich inzwischen von dem Schock erholt.
Bist du umgekippt und in Onmacht gefallen?
Gib's zu: Du hast dein Telefon ganz weit weg
von dir gehalten, sonst hättest du es nicht
ausgehalten. Oder hast du etwa gar keine
Angst vor Gespenstern??
Wie geht's dir denn so? Freust du dich auch
schon auf die Sommerferien?
Schreib mir bitte ganz bald zurück!
Versprochen? Gespenster-Eerenwort?
Viele liebe Grüße,
Dein Moritz
PS: Du bist meine apsolute Lieblingstante!

Auf die Rückseite des Briefs malte Moritz ein riesiges weißes Gespenst mit durchsichtigen Armen und langen Zottelhaaren. Aus seinem Mund kam eine weiße Nebelwolke. Daneben machte Moritz einen Pfeil und schrieb dazu:

Nana, das Nebel-Gespenst
Vorsicht: Lass dich nicht von ihr anhauchen.
Ihr Atem ist giftig!

Moritz steckte den Brief in einen Umschlag und klebte eine Briefmarke darauf. Jetzt fehlten nur noch Adresse und Absender. Fertig! Er konnte endlich losrennen und den Brief in den nächsten Briefkasten werfen. Als die Klappe zufiel und der Brief verschwand, war Moritz richtig aufgeregt. Hoffentlich würde ihm Tante Isabella bald zurückschreiben!

Auf dem Weg zurück nach Hause überlegte Moritz, welches Foto er seiner Tante schicken sollte. Ein harmloses Bild, auf dem er freundlich lächelte? Oder doch lieber das, wo er die Augen extra weit aufriss und seine schwarzen Fetzen-Arme gierig nach dem Fotografen ausstreckte?

Weil Moritz sich nicht entscheiden konnte, schickte er Tante Isabella einfach beide Fotos. Zehn Sekunden später machte sein Handy »Pling!«.

Bin beGEISTert!!!

Moritz musste grinsen. Das war wieder mal typisch Tante Isabella. Sie spielte gerne mit Worten. Sie war nämlich Deutschlehrerin.

3. Kapitel

Ein schlechter Scherz

Heute war Moritz' Glückstag. Drei Wünsche auf einmal gingen in Erfüllung.

1. Die Schule war früher aus. Hitzefrei! Der Sommer hatte sich doch noch daran erinnert, dass jetzt seine Zeit war.
2. Es gab Pizza zum Mittagessen.
3. Auf seinem Teller lag ein Brief von Tante Isabella.

Moritz schlitzte mit dem Pizzamesser den Umschlag auf. Gespannt holte er den Brief heraus. Seine Augen wurden so groß wie die Tomaten auf der Pizza.

Hä? Das war ja *sein* Brief, den er Tante Isabella geschickt hatte!

Mannomann! Hatte seine Tante aus Versehen seinen statt ihren Brief in den Umschlag gesteckt?

»Was hast du denn?«, fragte Mama verwundert.

Moritz dachte scharf nach. Nein, das war kein Versehen. Tante Isabella hatte seinen Brief korrigiert, wie einen Deutschaufsatz oder ein Diktat. Am rechten Rand waren lauter rote Kringel. Moritz wurde sauer. Wollte sie ihm unter die Nase reiben, wie viele Rechtschreibfehler er gemacht hatte? Wollte sie ihn ärgern? Klar war sie Lehrerin, aber das passte doch gar nicht zu ihr. So was hatte sie noch nie gemacht.

Um sicherzugehen, stülpte Moritz den Umschlag nach außen. Nichts mehr drin. Kein weiterer Brief, keine Karte, auf der sich seine Tante für ihren schlechten Scherz entschuldigt hätte.

Moritz hatte keine Lust auf rote Kringel. Er wollte gar nicht wissen, welche Fehler er gemacht hatte. Und am liebsten hätte er seinen letzten Satz durchgestrichen. Ab heute war Tante Isabella nicht mehr seine absolute Lieblingstante. Ab heute war sie nur noch seine drittliebste Tante, womit sie nach Tante Eva und Tante Karin den letzten Platz belegte.

Wütend warf Moritz den Brief aufs Fensterbrett. Seine Freude zerplatzte wie ein Luftballon. Von wegen Glückstag! So konnte man sich täuschen.

Mama sah Moritz besorgt an. »Geht's dir nicht gut? Was ist los?«

»Nichts«, behauptete Moritz und schob sich ein Stück Pizza in den Mund. Er hatte zu lange gewartet, sie war kalt geworden. Na toll!

Mama seufzte. »Hat es mit dem Brief von Tante Isabella zu tun? Was hat sie dir denn geschrieben?«

Moritz winkte ab. »Alles gut.«

Das sagte Mama auch immer, wenn sie nicht reden wollte. Sie seufzte noch mal. Dann gab sie es auf und ließ ihn in Ruhe.

Moritz verzog sich auf sein Zimmer. Den Brief nahm er mit. Er überlegte, ob er vielleicht einen Papierflieger daraus basteln sollte. Dann wäre der Brief wenigstens für etwas gut. Moritz starrte auf die blöden Kringel am Rand.

Moment mal! Die waren ja gar nicht rund. Die hatten eine seltsame Form, wie Nebelschwaden oder Wolken. Moritz holte eine Lupe und sah sich die Kringel genauer an. Ungläubig schüttelte er den Kopf. Das waren Gespenster! Rote Mini-Gespenster.

Jetzt verstand er gar nichts mehr. Warum hatte Tante Isabella seinen Brief mit Gespenstern bemalt? Was wollte sie ihm damit sagen? Ratlos starrte Moritz auf den Brief.

Die Gespenster sahen toll aus, fast wie die aus

seinem Gespensterbuch. Seine Tante konnte super malen. Neben Deutsch unterrichtete sie auch Zeichnen. Als Moritz noch klein gewesen war, hatte sie oft mit ihm gemalt oder sich kleine Rätsel für ihn ausgedacht. Die Rätselbilder hatte sie damals alle selbst gezeichnet.

Moritz schlug sich mit der flachen Hand gegen die Stirn. Tante Isabella hatte ihn gar nicht ärgern wollen. Sie hatte ihm ein Rätsel geschickt!

Jetzt sah Moritz sich den Brief noch mal ganz genau an. Es gab Gespenster, die grinsten, und es gab schlecht gelaunte Gespenster. Die schlecht gelaunten zeigten offenbar seine Rechtschreibfehler an. Aber was war mit den Grinsegespenstern? Immer wenn am rechten Rand ein Grinsegespenst auftauchte, war im Text in derselben Zeile ein Buchstabe unterstrichen. Moritz holte sich einen Kugelschreiber und sammelte die unterstrichenen Buchstaben. Er schrieb sie in der Reihenfolge, wie sie im Brief standen, nebeneinander auf ein Blatt Papier.

Moritz las die Buchstaben auf seinem Zettel halblaut vor:

d i c n e.

Hm! Von einem *Dicne* hatte er noch nie gehört.

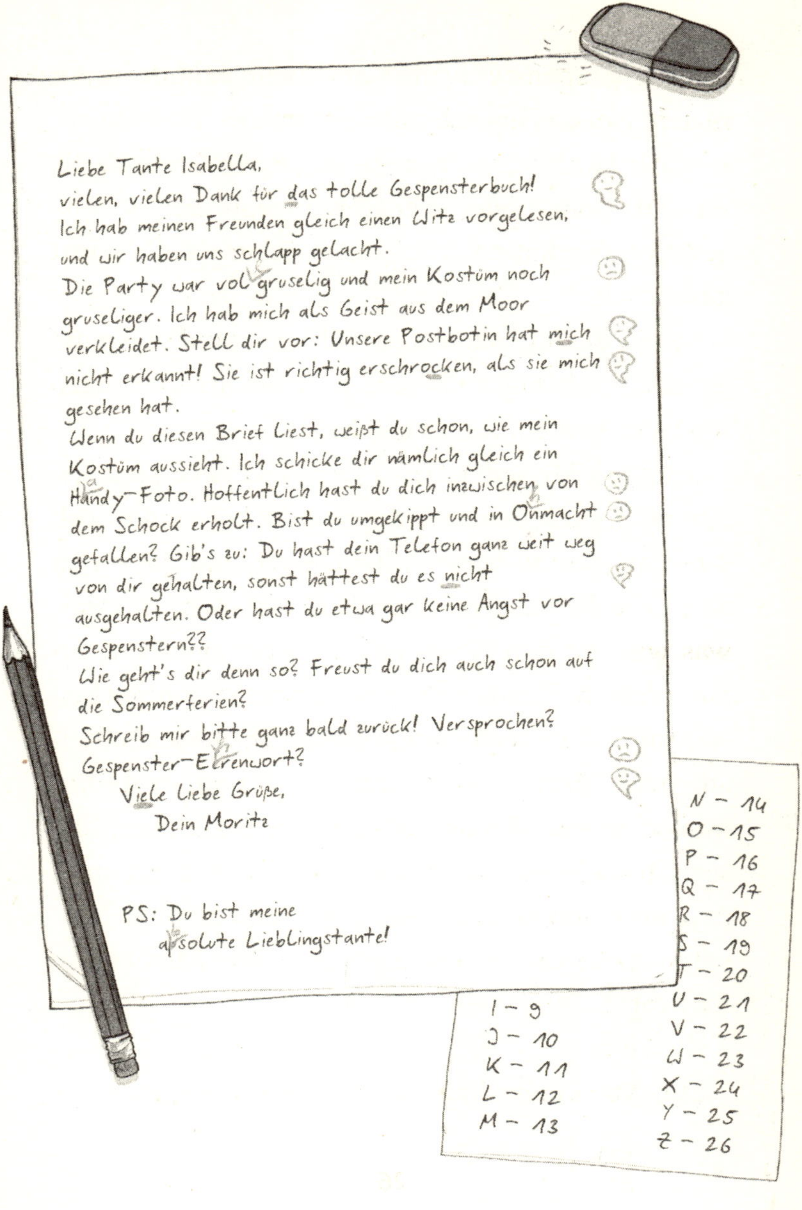
Liebe Tante Isabella,
vielen, vielen Dank für das tolle Gespensterbuch!
Ich hab meinen Freunden gleich einen Witz vorgelesen, und wir haben uns schlapp gelacht.
Die Party war vol gruselig und mein Kostüm noch gruseliger. Ich hab mich als Geist aus dem Moor verkleidet. Stell dir vor: Unsere Postbotin hat mich nicht erkannt! Sie ist richtig erschrocken, als sie mich gesehen hat.
Wenn du diesen Brief liest, weißt du schon, wie mein Kostüm aussieht. Ich schicke dir nämlich gleich ein Handy-Foto. Hoffentlich hast du dich inzwischen von dem Schock erholt. Bist du umgekippt und in Onmacht gefallen? Gib's zu: Du hast dein Telefon ganz weit weg von dir gehalten, sonst hättest du es nicht ausgehalten. Oder hast du etwa gar keine Angst vor Gespenstern??
Wie geht's dir denn so? Freust du dich auch schon auf die Sommerferien?
Schreib mir bitte ganz bald zurück! Versprochen? Gespenster-Erenwort?

Viele liebe Grüße,
Dein Moritz

PS: Du bist meine apsolute Lieblingstante!

Plötzlich hatte er eine geniale Idee. Vielleicht musste er die Buchstaben umstellen? Womöglich waren sie nur noch nicht in der richtigen Reihenfolge. Moritz tüftelte eine Weile herum. Fehlanzeige! Egal wie elegant er die Buchstaben vertauschte, sie ergaben einfach keinen Sinn. Mist! Aber so schnell gab er nicht auf! Moritz dachte wieder an früher. Tante Isabella mochte verschlüsselte Botschaften. Damals hatte sie ihm ein paar einfache Codes gezeigt. Man konnte zum Beispiel Zahlen in Buchstaben verwandeln oder umgekehrt. Wenn er die markierten Buchstaben in Zahlen verwandelte, dann kam vielleicht eine Zahlenkombination heraus, mit der er etwas anfangen konnte.

Also los! Er schrieb zuerst das komplette Alphabet auf und setzte unter jeden Buchstaben eine Zahl: neben das A die 1, neben das B die 2, und so weiter bis zur Zahl 26 für das Z. Danach notierte er die unterstrichenen Buchstaben aus seinem Brief und die dazu passenden Zahlen.

Endlich geschafft! Jetzt kam die Belohnung. Moritz hatte sechs Zahlen aufgeschrieben:

493145.

Hm, die Zahlen kamen ihm irgendwie vertraut

vor … War das die Nummer für einen Tresor oder ein Schließfach? Oder für einen Koffer?

Wahrscheinlich dachte er viel zu kompliziert. Bestimmt war die Lösung ganz einfach. Moritz stützte seinen Kopf in beide Hände. »Zahlen, Zahlen …«, murmelte er. »Wo kommen Zahlen vor? In meinem Mathebuch … beim Fußball … aber so viele Tore werden doch nie in einem Spiel geschossen …« Moritz starrte auf sein Handy, das er neben die Zettel gelegt hatte, und rief: »Ich glaub, mich knutscht ein Geist!«

4. Kapitel

Spezialauftrag für Gespensterjäger

Moritz hatte die Lösung!

Auf einmal wusste er, warum ihm die Zahlen gleich so vertraut vorgekommen waren. Das war Tante Isabellas Telefonnummer! Genauer gesagt, ein Teil davon. Die Vorwahl fehlte.

Moritz wählte. Jetzt war er wirklich sehr gespannt!

»Tuut – tuut – tuut – klick!« Der Anrufbeantworter sprang an.

»Isabella Keller ist gerade nicht da. Sprecht mir bitte aufs Band. – Hallo Moritz! Für dich habe ich eine extra Nachricht. Herzlichen Glückwunsch! Du hast mein Rätsel gelöst. Ich bin stolz auf dich. Bitte komm mich bald besuchen. In meinem Haus spukt es – und du bist doch Gespenster-Experte. Bestimmt ist es nur ein harmloser Streich. Aber bitte komm auf jeden Fall. Du hast ja jetzt Sommerferien. Stella und Kamil freuen sich auch schon auf dich. Sie lassen dich herzlich grüßen. Tschüss, Moritz! Bis bald.«

»Piep!«, machte der Anrufbeantworter.

Moritz legte auf und spürte ein Kribbeln im Bauch. Auf diesen Augenblick hatte er gewartet. Moritz, der todesmutige Gespensterjäger im Einsatz! Er sah sich schon mit der Taschenlampe durchs Haus seiner Tante schleichen, einem kopflosen Gespenst hinterher, das auf den Treppenstufen giftgrüne Schleimspuren hinterließ. Hinter ihm seine furchtlosen Assistenten: Cousine Stella und Cousin Kamil.

»Hände hoch!«, würde er brüllen.

Das Gespenst würde sich zu ihnen umdrehen, geblendet vom grellen Licht der Taschenlampe, und um Gnade flehen: »Bitte, bitte tut mir nichts, ich spuke auch nie wieder!«

Moritz lachte. Das musste er sofort Mama erzählen. Er fand sie in ihrem Arbeitszimmer über einem dicken Aktenordner mit ihrer Steuererklärung. Der Ventilator kämpfte tapfer gegen die schwüle Luft an.

»Tante Isabella hat mich eingeladen!«, verkündete Moritz die große Neuigkeit. »Ich muss zu ihr fahren.«

Mama zog fragend die Augenbrauen hoch. »Du *musst*?«

»Ja, weil es in ihrem Haus spukt«, erklärte Moritz ungeduldig. »Sie braucht mich als Gespensterjäger.«

»Tja, wenn das so ist...« Mama lächelte. Sie glaubte nicht an Gespenster. Und sie ging davon aus, dass er sich das alles nur ausgedacht hatte, um schneller zu seiner Lieblingstante zu kommen. Aber sie war zum Glück einverstanden. »Ja, dann müssen wir natürlich deinen Koffer packen und einen Zug raussuchen.«

Am liebsten wäre Moritz auf der Stelle losgefahren, aber die Fahrt dauerte mehrere Stunden, und Mama hatte komischerweise was dagegen, dass er erst um Mitternacht bei seiner Tante ankam. Wo das doch die ideale Zeit war. Geisterstunde!

Aber am nächsten Tag war es so weit. Mama und Papa fuhren Moritz mittags zum Bahnhof und brachten ihn zum Gleis.

»Bitte verpass deine Station nicht«, sagte Mama. »Weißt du noch, wo du aussteigen musst?«

Moritz verdrehte die Augen. »Klar.« Mama machte sich immer viel zu viele Sorgen.

Er freute sich total darauf, zum ersten Mal alleine Zug zu fahren. Der ICE würde ihn direkt zum Ziel bringen. Moritz brauchte nicht mal umzusteigen.

»Hier ist der Wagen mit deinem reservierten Sitzplatz.« Papa half Moritz mit dem Koffer. »Da ist eine Überraschung drin. Aber erst auspacken, wenn du bei Tante Isabella bist. Viel Spaß! Ruf uns an, sobald du da bist.«

»Mach ich«, versprach Moritz. »Tschüss, Papa, tschüss, Mama!«

Der Zugbegleiter blies in seine Trillerpfeife. Es ging los! Moritz winkte, bis er seine Eltern nicht mehr sehen konnte. Dann machte er es sich auf seinem Platz gemütlich.

Im Abteil war es schön kühl. Die anderen Fahrgäste hörten Musik oder lasen Zeitung. Moritz holte Tante Isabellas Buch aus seinem Rucksack. Ihren Brief mit den roten Mini-Gespenstern hatte er als Lesezeichen in die Mitte gesteckt.

Mit den Gespensterwitzen raste die Zeit nur so dahin. Moritz musste immer wieder grinsen. Draußen flogen blaue Seen und grüne Wiesen und Wälder vorbei. Am Anfang war die Landschaft noch platt wie ein Pfannkuchen. Nach und nach tauchten immer mehr Hügel und kleine Berge auf. Tante Isabella wohnte in Bayern, in der Stadt Regensburg an der Donau. Dort gab es einen Dom, die berühmte Steinerne Brücke und viele tolle Häuser aus dem Mittelalter.

Als der Zug in den Bahnhof einfuhr, presste Moritz die Nase ans Fenster und starrte hinaus. Da war Tante Isabella in einem langen, bunten Sommerkleid! Rechts neben ihr stand die zehnjährige Stella und links der zwölfjährige Kamil. Aber die drei konn-

ten ihn durch die getönten Scheiben nicht sehen. Ungeduldig wartete Moritz, bis der Zug anhielt. Schnell stieg er aus, schulterte seinen Rucksack und gab seinem Rollkoffer einen kräftigen Schubs. Der Koffer sauste am Bahnsteig auf seine Familie zu.

Kamil streckte lässig den rechten Fuß aus und stoppte den Koffer.

»Ach, das ist *deiner*!«, sagte Tante Isabella. »Hallo Moritz, herzlich willkommen!« Sie umarmte ihn und strahlte vor Freude. »Ist das schön, dass du da bist!«

Stella stellte sich auf die Zehenspitzen, damit sie so groß wie Moritz war. »Wurde aber auch höchste Zeit. Wir haben hier nämlich einen kniffligen Detektiv-Fall zu lösen, der …«

»Das ist kein Detektiv-Fall«, unterbrach Kamil seine Schwester. Er beugte sich zu Moritz vor und raunte ihm ins Ohr: »In unserem Haus passieren voll gruselige Sachen. Da spukt jemand!«

Tante Isabella fuhr sich mit der Hand durch die offenen roten Haare. »Kinder, Kinder! Jetzt lasst Moritz doch erst mal ankommen und überfallt ihn nicht gleich mit euren aufregenden Geschichten.«

Moritz zwinkerte Stella und Kamil zu. Er hatte überhaupt nichts dagegen, überfallen zu werden. Im Gegenteil. Er konnte es kaum erwarten herauszufinden, wer oder was da im Haus seiner Tante spukte!

5. Kapitel

Wer spukt denn hier?

Moritz sog tief die Luft ein, als er das Haus seiner Tante betrat. Er liebte den Geruch ihres alten, verwinkelten Hauses. Eine Mischung aus Äpfeln, Holz und Staubwolken, die hinter dem Kachelofen wohnten und nur selten vertrieben wurden.

Tante Isabella trug den Koffer in Kamils Zimmer. Moritz fand, dass es das schönste Zimmer im ganzen Haus war. Ein wuchtiger Holzbalken stützte die Decke. An den Wänden hingen Foto-Poster von Elefanten, Zebras und Flamingos aus Tante Isabellas Zeit in Afrika. Sie hatte zusammen mit ihrem Exmann zwei Jahre lang in Kenia eine Schule aufgebaut und dabei Kamil kennengelernt. Er war noch ein Baby gewesen und hatte gerade beide Eltern verloren. Tante Isabella und Thomas hatten Kamil adoptiert und mit nach Deutschland gebracht. Zwei Jahre später war dann Stella auf die Welt gekommen.

»Auspacken kannst du später«, sagte seine Tante. »In einer Viertelstunde gibt es Pizza.«

»Aber jetzt spielen wir erst mal Fußball!« Kamil kickte Moritz seinen Ball zu.

»Gleich«, sagte Moritz. Er schickte seinen Eltern schnell eine Handy-Nachricht, dass er gut angekommen war. Da rollte der Fußball zwischen seinen Beinen hindurch.

Kamil klatschte in die Hände. »Getunnelt!«

»Na warte«, sagte Moritz. »Dir zeige ich's noch.«

Lachend rannte er mit Kamil die Treppe hinunter und lieferte sich mit ihm eine Verfolgungsjagd durchs Wohnzimmer.

»Hallo!«, rief Tante Isabella aus der Küche. »Könnt ihr zwei wilden Kerle mir mal beim Tischdecken helfen?«

»Klar!«, antworteten Moritz und Kamil gleichzeitig.

Stella machte die Terrassentür auf. »Wir haben zusammen Pizza gebacken«, erzählte sie. »Die Tomaten sind aus unserem Garten, selbst gepflückt.«

»Hm, lecker!«, freute sich Moritz. Die Ferienwoche ging ja gut los.

Sie deckten gemeinsam den Tisch auf der Terrasse

und ließen sich die Pizza schmecken. Es war ein herrlich warmer Sommerabend und ein leichter Wind kühlte ihre erhitzten Gesichter. Nach dem dritten Stück konnte Moritz sich nicht mehr bremsen. »Jetzt erzähl doch mal, Tante Isabella! Bei dir spukt es? Was hast du gehört und gesehen?«

Seine Tante spielte nervös mit ihrer Holzperlenkette. »Also, das war so: Vor zwei Wochen hab ich die merkwürdigen Geräusche zum ersten Mal gehört. Es fing mit einem Fenster im Wohnzimmer an.

Das hat mitten in der Nacht plötzlich geklappert. Ich hab mich gewundert, weil es an dem Abend geregnet hat und ich alle Fenster zugemacht hatte.«

»Aha!«, sagte Moritz. »Und was ist dann passiert?«

»In der nächsten Nacht hat es in der Küche gerumpelt«, erzählte Tante Isabella weiter. »Als ob irgendjemand Stühle hin und her rücken würde.«

»Das Rumpeln hab ich auch gehört«, bestätigte Stella.

»Und leise Schritte«, sagte Kamil. »Jemand ist auf dem Dachboden über meinem Zimmer gewesen. Er ist da oben rumgelaufen.«

»Ein fieser Verbrecher«, murmelte Stella. »Hat versucht, kein Geräusch zu machen. Sehr verdächtig.« Sie zog ein Notizbuch aus ihrer Tasche, die über der Stuhllehne hing. Eifrig kritzelte sie etwas hinein. »Ich wette, der Typ will uns Angst machen und uns aus unserem schönen Haus vertreiben.«

Tante Isabella schüttelte den Kopf. »Du liest zu viele Krimis, Stella. Das ist kein Verbrecher. Ich bin sicher, da stecken die Nachbarn dahinter. Franz und Jakob sind ziemlich freche Jungs. Die beiden denken sich dauernd irgendwelche Streiche aus. Vor ein paar Wochen haben sie mir Kaugummi auf die Fußmatte geklebt. Und neulich haben sie Zahncreme auf mein Küchenfenster geschmiert.«

Das wunderte Moritz überhaupt nicht. Die beiden konnten richtig gemein sein. Letzten Herbst hatten die Dreizehnjährigen ihn mit Kastanien beworfen. Nur weil ihnen langweilig gewesen war. So viele blaue Flecken hatte er noch nie gehabt.

»Dieser Spuk löst sich bestimmt ganz harmlos auf.« Tante Isabella redete betont munter und lachte lauter als sonst. Moritz ließ sich davon nicht täuschen. Er kannte seine Lieblingstante. Sie machte sich Sorgen, das spürte er.

»Hm …«, sagte er. »Spannend, sehr spannend. Ich finde, das klingt eindeutig nach einem Gespenst.«

»Nein, nein!«, rief Kamil. »Ich wette, das ist ein Ururuopa von Mama. Ihm ist irgendwas Schreckliches passiert im Leben. Das lässt ihm auch nach seinem Tod keine Ruhe. Deshalb spukt er immer noch durch sein früheres Haus …«

Tante Isabella seufzte. »Ach, Kamil! Deine Fantasie geht mal wieder mit dir durch. Das ist bestimmt kein Ururuopa von mir und auch sonst niemand, der mich ärgern will. Unterhaltet euch am besten mal mit Franz und Jakob.«

Stella nickte. »Wird erledigt. Aber wenn ihr mich fragt, sind die beiden nur die Komplizen vom Täter. Den Spuk hat sich ein Erwachsener ausgedacht. Bei so vielen tollen Tricks muss man schon sehr clever sein.«

»Mach dir keine Sorgen«, sagte Moritz zu seiner Tante. »Egal wer hinter dem Spuk steckt: Wir werden es herausfinden. Morgen knöpfen wir uns gleich mal Franz und Jakob vor.«

Kamil rieb sich die Hände. »Ich freu mich drauf.«

»Du kannst dich auf uns verlassen, Mama«, versprach Stella.

Es wurde still auf der Terrasse. Nur die Mücken surrten leise vor sich hin. Tante Isabella war auf einmal ganz gerührt. »Danke, Kinder. Ihr seid die besten Gespensterjäger der Welt.«

Moritz grinste. Dann tat er so, als ob er in ein Mikrofon sprechen würde: »Hallo, ihr Gespenster da draußen: Passt bloß auf, wir kriegen euch!«

6. Kapitel

Eiskalt erwischt

»Mannomann, bin ich müde!« Moritz ließ sich rückwärts aufs Bettsofa fallen. »Ich hätte euch den fünfzehnten Gespensterwitz nicht mehr erzählen dürfen.«

»Pack doch deinen Koffer morgen aus«, schlug Tante Isabella vor.

Eine gute Idee, fand Moritz. Es war spät geworden. Er würde nur schnell seinen Schlafanzug und den Waschbeutel rausholen.

»Ratsch!«, machte der Reißverschluss des Koffers. Mit einem Griff hatte Moritz gefunden, wonach er suchte. Da rutschte etwas Orangefarbenes aus seinem Schlafanzug. Zwei böse Kürbis-Monster fletschten die Zähne. Ihre Köpfe glühten vor Wut.

Moritz musste lachen. »Danke, Papa. Super Überraschung.« Er zog Hose und T-Shirt aus und schlüpfte in seinen Schlafanzug. Dann setzte er sich die Kürbis-

Monster auf die Nase und marschierte damit ins Bad.

Kamil putzte sich gerade die Zähne. Als er Moritz sah, prustete er los. Die Zahnpasta spritzte in hohem Bogen auf den Spiegel. »Hahaha! Die Brille ist echt stark. Wo hast du die denn her?«

»Hat mir Papa geschenkt«, erzählte Moritz.

Kamil grinste. »Kann ich die auch mal haben?«

»Klar.«

Als sie schlafen gingen und das Licht ausknipsten, leuchteten die Kürbisse im Dunkeln weiter. Da mussten sie schon wieder lachen. Und sich ganz viel erzählen, weil sie sich so lange nicht gesehen hatten. Aber irgendwann sagte Kamil immer weniger und kurz darauf kam aus seinem Bett ein leises Schnarchen.

Moritz legte die Brille neben dem Sofa auf den Boden. Dann zog er die Bettdecke bis zur Nasenspitze hoch. Er war so was von überhaupt nicht müde. Er gähnte wieder und fünf Minuten später schlief er tief und fest.

»Schrummmms!«

Moritz schreckte aus dem Schlaf hoch. Hilfe! Was war *das*?

Hektisch sah er sich im Zimmer um. Alles am Platz, alles ruhig. Von gegenüber hörte er Kamils gleichmäßige Atemzüge. Sein Cousin schlief noch immer tief und fest und die Kürbisse leuchteten träge vor sich hin. Moritz rieb sich die Augen. Hatte er nur geträumt?

»Ratttata … rummms!«

Das war kein Traum! Jetzt wachte auch Kamil auf. Er blinzelte und griff nach dem Wecker auf seinem Nachttisch. »Fünf Minuten nach Mitternacht! Es geht wieder los.«

»Ich glaube, das kommt aus dem Wohnzimmer«, flüsterte Moritz. »Komm, wir sehen mal nach.« Leise stand er auf. Seine Knie fühlten sich an wie Glibbermasse.

Kamil griff nach seiner Taschenlampe. »Die lasse ich aber erst mal aus«, flüsterte er. »Der Geist soll nicht merken, dass wir nach ihm suchen.«

Ganz langsam drückte Moritz die Türklinke nach unten und schlüpfte hinaus auf den Flur. Dort kam ihm eine dunkle Gestalt entgegen. Moritz' Herz hämmerte gegen seinen Brustkorb. Da entdeckte er, dass der dunkle Schatten einen wippenden Pferdeschwanz hatte.

»Psst, Stella!«, machte Moritz. »Nicht erschrecken. Wir sind's nur.«

»Hab euch schon gesehen«, flüsterte seine Cousine zurück. Mutig ging sie voraus zur Treppe. »Vorsicht, die dritte Stufe knarrt«, warnte sie.

Moritz machte einen großen Schritt nach unten und ließ die dritte Stufe aus. Da fiel ihm ein, dass er seine Kürbis-Monsterbrille im Zimmer vergessen hatte. So was Blödes. Die hätte er jetzt so schön gebrauchen können, um dem Gespenst Angst zu machen.

»Schrrrrummmm!«

Schon wieder ein Geräusch! Ja, das kam eindeutig aus dem Wohnzimmer. Auf Zehenspitzen liefen Moritz, Kamil und Stella die Treppe hinunter und pirschten sich immer näher heran.

Die Tür zum Wohnzimmer war offen. Moritz spähte hinein. Niemand zu sehen. Aber die Stühle in der Essecke standen alle verkehrt herum. Einer befand sich sogar mitten im Raum. Moritz starrte auf den Ausreißer. In dem Moment fing der Stuhl an zu wackeln.

»Krach!«

Jetzt war er umgefallen, obwohl niemand ihn berührt hatte.

Mann, war das unheimlich!

Zögernd wagte sich Moritz zwei Schritte ins Wohnzimmer hinein. Kamil und Stella folgten ihm. Plötzlich wurde es ungemütlich: so kalt wie im Kühlschrank. Kamils Zähne schlugen leise aufeinander.

»Hallo, ist da wer?« Moritz sah sich nach allen Seiten um.

Stille. Niemand im Raum. Zumindest niemand, der sichtbar war.

Stella ging weiter zum großen Spiegel. Plötzlich blieb sie wie angewurzelt stehen. »Da … da ist ein Gesicht!«

Das wollten Moritz und Kamil auch sehen. Aber als sie vor dem Spiegel standen, blickten ihnen bloß ihre eigenen, verstörten Gesichter entgegen.

»Da … da war wirklich ein fremdes Gesicht«, flüsterte Stella. »Ein Mann mit hohlen Wangen, verzerrtem Mund und Zombie-Augen.«

Moritz schluckte. »Äh … echt jetzt?«

»Uaaahahaha!«, lachte der Unsichtbare. »Uaarggg …« Das schaurige Lachen ging in ein Röcheln über.

Moritz wollte nur noch eins: wegrennen, aber das konnte er nicht bringen. »Zeig dich endlich, du Feigling!«, rief er extra laut.

Da bauschte sich der Vorhang. Es knarrte. Die Terrassentür schwenkte wild nach außen. Moritz' Nackenhaare stellten sich auf. Er konnte sich genau erinnern, dass Tante Isabella die Tür nach dem Abendessen zugemacht hatte.

»Rummms!« Die Tür krachte ins Schloss.

Moritz, Stella und Kamil standen wie erstarrt da.

»Jetzt wird's mir aber zu bunt!«, sagte Kamil. Energisch lief er zur Terrassentür, riss sie auf und leuchtete mit der Taschenlampe in den dunklen Garten. »Franz, Jakob? Seid ihr das?«

Stella stolperte über eine Gießkanne. »Autsch!«

Kamil ließ den Lichtkegel über die Wiese und die Sträucher wandern. »Da ist niemand.«

»Nicht mehr«, stöhnte Moritz. »Wir waren zu langsam. Das Gespenst ist längst über alle Berge.«

»Kinder! Was macht ihr denn mitten in der Nacht hier draußen?« Tante Isabella erschien im Nachthemd auf der Terrasse. »Heute Nacht war doch alles ganz ruhig.«

»Leider nicht«, sagte Stella. »Im Wohnzimmer hat wieder jemand gespukt. Sei froh, dass du so fest geschlafen hast.«

Tante Isabella rieb sich fröstelnd die Arme. »Habt ihr Franz und Jakob erwischt?«

Kamil schaltete seine Taschenlampe wieder aus. »Nein. Aber die waren das garantiert nicht. Das war ein ...«

»... Gespenst!«

»... Verbrecher!«, sagte Stella.

Tante Isabella musste lachen. »Alle Gespenster- und Verbrecherjäger bitte mal herhören: Ihr wart sehr mutig, aber jetzt geht bitte wieder ins Bett.«

7. Kapitel

Sehr verdächtig

»Hast du mein Buch gesehen?« Am nächsten Morgen tigerte Moritz unruhig durchs Wohnzimmer.

»Welches Buch?«, fragte Kamil, der gerade einen Comic las. »Ach so, das mit den Gespensterwitzen. Keine Ahnung. Hast du es gestern Abend nicht mit auf unser Zimmer genommen?«

Moritz schüttelte den Kopf. »Nein. Ich weiß genau, dass ich es hier oben auf den Kachelofen gelegt habe.« Er fuhr mit der Hand über die staubige Ablagefläche. »Da ist es nicht. Das kann doch nicht sein!«

»Was kann nicht sein?«, wollte Tante Isabella wissen. Sie saß auf der Terrasse und spielte mit Stella Memory.

Moritz erzählte den beiden, dass er sein Gespensterbuch vermisste. »Habt ihr es euch ausgeliehen?«

Stella kniff die Augen zusammen. »Nö, hab ich nicht. Ich mag nur Krimis.«

Tante Isabella hatte sich das Buch auch nicht genommen. »Vielleicht hast du es ja doch woanders hingelegt«, meinte sie.

»Garantiert nicht«, sagte Moritz. »Ich kann mich ganz genau erinnern. Es ist weg. Spurlos verschwunden. Ausgerechnet mein Lieblingsbuch!«

Plötzlich stellten sich wieder seine Nackenhaare auf. Das Gespenst! War es ein Dieb? Hatte es deshalb im Wohnzimmer gespukt? Oder war es womöglich gar kein Gespenst, sondern ein Mensch aus Fleisch und Blut? Zum ersten Mal wurde Moritz unsicher. Vielleicht hatte Stella ja doch recht.

Seine Cousine schob ihre Memory-Karten entschlossen zur Seite. »Ich fürchte, jemand hat in der letzten Nacht dein Witzebuch geklaut. Entweder der Verbrecher selbst oder seine Komplizen. Los, kommt! Gehen wir rüber zu den Nachbarn.« Stella holte die Tasche mit ihrer Detektivausrüstung. »Ich bin schon sehr gespannt, was Franz und Jakob uns zu erzählen haben.«

»Viel Glück!«, wünschte Tante Isabella.

Kurz darauf klingelten sie beim Nachbarhaus. Hinter der Tür hörten sie es trampeln und schreien. Dann wurde die Tür aufgerissen.

»Wie lautet das Passwort?«, brüllten Franz und Jakob ihnen entgegen.

»Lasst uns sofort rein!«, knurrte Moritz.

Jakob grinste ihn frech an. »Erst wenn ihr das richtige Passwort sagt.«

Kamil tippte sich mit dem Zeigefinger an die Stirn. »Wir haben keine Zeit für eure Spielchen. Es ist wirklich wichtig.«

Franz und Jakob verschränkten die Arme vor der

Brust. Die zwei waren die größten Sturköpfe des Universums.

»Wie lautet das Passwort!«, sagte Stella scharf.

»Wo…wo…woher weißt du das?«, stammelte Franz.

Stella zuckte mit den Schultern. »Uralter Trick: einfach den Spruch wiederholen. Ihr solltet euch in Zukunft was Schlaueres ausdenken.«

»Äh… ja, machen wir«, nuschelte Jakob.

Auf einmal waren die starken Brüder so klein mit Hut. Das hatte Moritz noch nie erlebt. Jakob rang sich sogar ein winziges Lächeln ab. »Kommt rein.«

»Wo können wir hier ungestört reden?«, fragte Moritz. »Die Sache ist nämlich streng geheim.«

Franz machte eine Kopfbewegung in Richtung Treppe. »In unserem Zimmer.«

Ungestört waren sie in dem kleinen Raum unter dem Dach tatsächlich. Aber Moritz hatte keine Ahnung, wo sie sich hinsetzen sollten. Überall lagen Klamotten, dreckige Schuhe, Bücher, Zeitschriften und Spiele herum. Kein Sitzplatz. Also stellten sie sich wie zwei verfeindete Banden gegenüber und Stella schrieb im Stehen in ihr Notizbuch.

Jakob konnte seine Neugier nicht länger verbergen. »Worum geht's denn?«, erkundigte er sich.

Kamil antwortete im heiseren Flüsterton: »Um Leben und Tod.«

»Und um ein Verbrechen«, legte Stella nach.

»Alles klar.« Franz versuchte, ganz entspannt zu wirken.

»Wann wart ihr zuletzt im Haus von Isabella Keller?«, fragte Moritz.

Franz und Jakob wechselten einen kurzen Blick.

»Gar nicht«, sagte Franz.

»Doch«, fiel Jakob plötzlich ein. »An Ostern. Da ist unser Osterhase aus Versehen in ihr Haus gehoppelt.« Als er die Fragezeichen auf den Gesichtern von Moritz, Stella und Kamil sah, fing er an zu grinsen. »Kleiner Scherz.«

Kamil schnaufte. »Sehr lustig! Jetzt mal im Ernst.«

»Wir waren noch nie bei Frau Keller zu Hause«, behauptete Jakob. »Es reicht schon, dass wir sie in der Schule in Deutsch haben.«

»Was soll das hier eigentlich werden?« Franz fühlte sich wieder stark. »Ein Verhör oder was?«

Stella ließ sich nicht einschüchtern. »Ganz genau. Ich glaube euch kein Wort. Vielleicht kann ich eurem Gedächtnis ein bisschen auf die Sprünge helfen. Stühlerücken mitten in der Nacht? Poltern auf dem Dachboden? Ein abgefahrener Spiegeltrick?«

»Hä? Wie?« Jakob spielte den Unschuldsengel. »Ich hab echt keine Ahnung, wovon du redest.«

Moritz räusperte sich. »Tu nicht so! Das weißt du ganz genau. Ihr macht nachts Lärm bei uns, spielt Gespenster und erschreckt meine arme Tante. Warum macht ihr so was? Das ist gemein.«

»Wir waren das nicht!«, riefen Franz und Jakob im Chor.

»Natürlich nicht«, sagte Kamil. »Und natürlich habt ihr auch kein Buch mit Gespensterwitzen geklaut.«

»*Mein* Buch«, stellte Moritz klar.

»Jetzt reicht's aber!« Jakob wurde sauer. »Wir haben keinen Lärm gemacht und auch kein Buch geklaut. Spielt eure Detektivspiele woanders weiter. Und jetzt haut bloß ab, ihr Zwerge!«

Moritz seufzte. Es hatte keinen Sinn. Franz und Jakob rückten nichts raus. Und solange sie den beiden nichts beweisen konnten, mussten sie wieder abziehen.

»Wie ihr wollt.« Stella kritzelte ein paar Stichworte in ihr Notizbuch und steckte es zurück in ihre Tasche. »Aber wenn ihr es doch wart, werden wir das herausfinden.«

8. Kapitel

Besuch um Mitternacht

Kamil kickte wütend eine Kastanie vom Gehsteig. Sie war noch ganz klein und viel zu früh vom Baum gefallen. »Na toll, jetzt wissen wir genauso viel wie vorher. Ich hab euch ja gleich gesagt, wir sind auf der falschen Spur. Wir sollten lieber auf dem Friedhof suchen. Also wenn ich ein Gespenst wäre, würde ich auf dem Friedhof abhängen.«

»Hör endlich auf!«, stöhnte Stella. »Es gibt keine Gespenster. Bei uns im Haus nicht und auf dem Friedhof auch nicht.«

Kamil blieb vor dem Gartentor stehen. »Woher willst du das wissen?«

»Das ist doch logisch«, antwortete Stella.

»Gar nicht!«

»Doch!« – »Nein!« – »Doch!« – »Nein!« – »Doch!«

Moritz ging dazwischen. »Regt euch wieder ab. Streiten bringt uns auch nicht weiter.«

»Stimmt«, sagte Stella. »Wir müssen zusammenhalten. Nur so können wir diesen verzwickten Fall lösen.«

Kamil nickte. »Zusammenhalten ist gut. Gehen wir zusammen ein Eis essen.«

Sie kauften sich bei der Eisdiele am Kirchplatz jeder eine Waffel und setzten sich auf die Treppenstufen. Es war wieder ganz schön heiß heute.

Moritz schleckte genießerisch an seiner großen Kugel Erdbeereis. »Also, Leute, was machen wir als Nächstes? Wir können hier nicht die ganze Zeit rumsitzen und warten, bis der Spuk wieder von vorne losgeht.«

»Sehe ich auch so.« Stella aß schnell ihre Waffel auf und zückte wieder ihr Notizbuch. »Wir brauchen einen Plan. Da schreiben wir alles rein. Was wir als Nächstes tun, wie wir uns aufteilen und so weiter. Zum Glück sind wir ja zu dritt.«

Kamil grinste. »Genau. Ihr zwei Oberchecker überlegt euch was und ich lege mich auf die faule Haut.«

»Haha, selten so gelacht!«, sagte Stella genervt. »Können wir jetzt mal endlich den Plan machen?«

»Klar«, sagte Kamil.

Konzentriert steckten sie die Köpfe zusammen. Eine halbe Stunde später war der Plan fertig. Er sah so aus:

Mannomann, war es auf dem Dachboden heiß! Schon nach ein paar Minuten war Moritz' T-Shirt klatschnass. Er fand sehr viele alte Möbel und Kisten, alle von einer dicken Staubschicht bedeckt. Außerdem einen Marienkäfer, zwei quicklebendige

Spinnen und einen toten Schmetterling. Auch am Boden gab es jede Menge Staub, aber keinen einzigen Fußabdruck. Und auch sonst keine Spur vom Spuk.

»Kein Wunder«, dachte Moritz. »Gespenster hinterlassen keine Spuren.«

Nachdem er alle Ecken und Winkel abgesucht hatte, flüchtete er aus der Dachboden-Sauna in den kühlen Garten.

Christian, der Gärtner, war gerade dabei, die Grube für einen Gartenteich auszuheben. Er kaute Kaugummi und nickte Moritz freundlich zu. »Das ist ja nett, dass du vorbeikommst. Willst du mir helfen?«

»Ich hab leider keine Zeit«, sagte Moritz. »Aber ich wollte Sie mal was fragen: Ist Ihnen im Garten irgendwas aufgefallen? Waren Steine plötzlich weg oder ganz woanders? Hat jemand Ihre Schaufel versteckt oder so?«

Der Gärtner machte eine Blase mit seinem Kaugummi und ließ sie zerplatzen. »Hier ist alles in Ordnung gewesen. Kein unsichtbarer Garten-Kobold weit und breit.«

»Hätte ja sein können«, murmelte Moritz und ging wieder ins Haus. Christian hatte ihn gar nicht richtig ernst genommen. Aber anscheinend war ihm wirklich nichts aufgefallen.

Kamil und Stella hatten leider auch keinen Erfolg gehabt. Abends waren alle drei so müde, dass sie bald nach dem Essen in ihre Betten fielen. Moritz machte das Licht aus und schlief sofort ein.

Um Mitternacht war er plötzlich hellwach. Die Kirchturmuhr schlug zwölfmal. Irgendetwas stimmte nicht. Es war wieder so eisig kalt. Das konnte nur eins bedeuten: Sie waren nicht allein im Zimmer!

Moritz drehte sich zu Kamil um. Sein Cousin saß kerzengerade im Bett und lauschte. Jetzt hörte Moritz es auch. Ein Murmeln. Da redete jemand leise!

»... beklagt sich bei ... seinem Freund ...« Die tiefe Stimme klang fremd. Wie von jemandem aus einem anderen Land oder aus einer anderen Zeit.

Moritz sah sich nach allen Seiten um. Hier war niemand. Das *musste* ein Gespenst sein! Zu dumm, dass es in Kamils Zimmer keinen Spiegel gab. Oder vielleicht auch zum Glück ...

Das unheimliche Murmeln ging weiter: »Noch mal von vorne. ›Ein Gespenst beklagt sich bei seinem Freund: Ich bin so schrecklich vergesslich ...‹«

Moritz wurde unruhig. Das kannte er doch! Das war ein Witz aus seinem Gespensterbuch!

Kamil zeigte mit zitternden Fingern zum Holzbalken. Davor schwebte ein Buch. Moritz' Buch mit den Gespensterwitzen!

Es raschelte. Eine unsichtbare Hand blätterte eine Seite um. Stockend las der Mann ohne Körper weiter vor: »Sagt der Freund: ›Das wundert mich überhaupt nicht. Setz deinen Kopf auf, dann wird es gleich besser.‹«

Stille.

Jetzt ein leises Glucksen. Das Buch wackelte hin und her. »Uaaahahaha!« Dasselbe grausige Lachen wie neulich. Der Vorleser fand den Gespensterwitz lustig.

Moritz mochte den Witz auch, aber ihm war überhaupt nicht nach Lachen zumute. Ein Gespenst hatte sich heimlich in ihr Zimmer geschlichen. Es hatte sein Buch geklaut und las um Mitternacht daraus vor!

Moritz sah, wie Kamil in Zeitlupe die rechte Hand ausstreckte. Die Finger seines Cousins schlossen sich um das dünne Ende eines merkwürdigen, länglichen Teils, das Moritz nicht richtig erkennen konnte.

Langsam führte Kamil das dünne Ende zum Mund. Dann blies er kräftig hinein.

»Trööööt!«

Endlich erkannte Moritz das merkwürdige Teil: Es war eine Fußball-Fantröte!

Das Buch stürzte ab. Moritz' Brief segelte heraus. Bruchlandung! In der Mitte aufgeklappt, lag das Buch auf dem Boden. Jetzt landete auch der Brief. Der unsichtbare Vorleser gab keinen Ton mehr von sich.

»Wir wissen, dass du hier bist«, sagte Kamil.

Moritz holte tief Luft. »Wo versteckst du dich? Komm sofort raus!«

Plötzlich fegte ein Windstoß durchs Zimmer. Das Gespensterbuch flatterte wie ein zu groß geratener Schmetterling zum gekippten Fenster hinaus. Das Fenster klappte zu und die Kälte war auf einmal weg.

»Der Geist ist mit deinem Buch abgehauen«, flüsterte Kamil.

Moritz nickte grimmig. »Er hat es schon wieder geklaut!«

Zur Sicherheit lauschten sie noch ein paar Minuten. Dann standen sie auf und durchsuchten das Zimmer. Vielleicht hatten sich ja doch Franz und Jakob im Schrank versteckt. Aber im Schrank war niemand. Auch nicht unter den Betten oder sonst irgendwo im Zimmer.

»Jetzt muss uns Stella aber endlich glauben«, sagte Moritz. »Unser Dieb kommt aus dem Jenseits.«

9. Kapitel

Stinkalarm

Am nächsten Morgen wachten Moritz und Kamil erst um zehn Uhr auf. Trotzdem fühlten sie sich total zerschlagen. Kein Wunder nach der nervenaufreibenden Nacht. Als sie in die Küche kamen, war Tante Isabella nicht da.

»Mama ist zum Frisör gegangen«, erzählte Stella. »Was ist denn mit euch los? Ihr seht echt fertig aus.«

Moritz rieb sich die Augen. »Wir waren im Einsatz. In unserem Zimmer hat es heute Nacht gespukt.«

»Was? Warum habt ihr mich nicht geweckt?«, beschwerte sich Stella.

Kamil holte die Milchtüte aus dem Kühlschrank. »Das ging nicht. Wir hatten alle Hände voll zu tun.«

Stella wurde immer neugieriger. »Jetzt erzählt schon! Was ist passiert?« Gebannt hörte sie sich das aufregende Abenteuer an. Als Kamil seine Fantröte erwähnte, kicherte Stella. »Da ist das Gespenst garantiert tierisch erschrocken. Geschieht ihm ganz recht. Jetzt weiß es wenigstens, wie das ist, Angst zu haben.«

»Ha!«, rief Moritz. »Du hast ›Gespenst‹ gesagt!«

Stella lachte. »Ja, stimmt. Aber so richtig glaube ich es immer noch nicht. Ich will das Gespenst sehen.«

Moritz schüttete sich Müsli in eine Schale. »Da kannst du lange warten. Die meisten Gespenster werden nie sichtbar. Es gibt nur ein paar wenige Ausnahmen. Wenn ein Gespenst von einem bösen Fluch erlöst wird. Oder wenn es mit etwas Menschlichem in Berührung kommt.«

»Was denn zum Beispiel?«, fragte Kamil nach.

»Menschen…«

»Klirr!«

Irgendetwas aus Glas prallte außen gegen die Mauer, ganz knapp am Küchenfenster vorbei. Dann hörten sie jemanden lachen.

Stella sprang auf, beugte sich aus dem Fenster und würgte. »Iiieh! Das riecht voll eklig.«

Kamil verzog angewidert das Gesicht. »Nach Mülltonne und Kotze.«

Moritz hielt sich die Nase zu, während er sich fachmännisch die Glassplitter auf dem Rasen ansah.

»Franz und Jakob haben eine Stinkbombe geworfen. Jetzt reicht's! Die können was erleben.«

Moritz, Stella und Kamil stürmten in den Garten und rannten den beiden Jungs hinterher.

»Das war die Rache für euer Verhör!«, brüllte Jakob.

Er verschwand mit seinem Bruder im Nachbarhaus und verrammelte die Tür. Kamil trommelte dagegen.

»Lass sie!«, rief Stella. »Die sind so was von doof, die können ja nicht mal treffen.«

»Ich weiß!«, sagte Kamil wütend.

Gemeinsam gingen sie zurück in den Garten. Dort roch es immer noch nach der ekligen Stinkbombe. Kamil musste erst mal Dampf ablassen. Er holte sich den Fußball, der im Gras lag, und schoss, so weit er konnte. Der Ball landete mitten im Erdhaufen neben dem Gartenteich. Kleine Steine und Erdklumpen spritzten durch die Gegend.

Moritz klatschte in die Hände und lachte.

»Zum Glück kommt Christian heute erst später. Der wäre jetzt nicht so begeistert.« Stella lief los und fischte den Fußball aus dem Erdhaufen. Plötzlich stieß sie einen Schrei aus. »Ich hab was gefunden!«

Moritz und Kamil rannten zu ihr hin. Stella zeigte auf einen rechteckigen Gegenstand, der aus der Erde hervorlugte. Vorsichtig zog sie ihn heraus.

»Was ist das denn?«, fragte Kamil.

»Mein Buch!«, rief Moritz. »Das Gespenst hat

es verloren.« Er nahm sein Witzebuch und klappte es auf. Erdkrümel und kleine Kieselsteine rieselten heraus. »Oh Mann, es ist total dreckig geworden!«, schimpfte er. »Und die Seiten sind total verknickt.«

»Das ist doch nicht so schlimm«, versuchte Kamil ihn zu trösten. »Wenigstens hast du es wieder.«

»Na, toll.« Moritz war sauer. »Das Gespenst kann was erleben, wenn ...«

»Seht euch das an!«, rief Stella dazwischen. »Da drüben bei der Kastanie hat jemand lauter Löcher gegraben!«

»Tatsächlich!« Moritz lief zur Kastanie hinüber. »War das der Gärtner?«

Kamil schüttelte den Kopf. »Glaube ich nicht. Die Grube für den Gartenteich ist doch schon fertig. Da muss jemand anderes gebuddelt haben.«

»Das Gespenst!«, murmelte Moritz. »Vielleicht sucht es ja was? Irgendwas Wertvolles ...« Seine Hände kribbelten auf einmal, als ob lauter Ameisen darüber laufen würden. Er legte sein Buch auf einem Stein ab, holte sich den Spaten des Gärtners und stach damit in eins der kleinen Löcher.

»Du meinst, das Gespenst sucht einen Schatz oder so?« Kamils Augen fingen an zu leuchten.

Er und Stella schnappten sich zwei Schaufeln und fingen bei den Löchern an zu graben.

»Hallo Kinder!«, rief plötzlich Christian. »Nett von euch, dass ihr mir helfen wollt, aber das ist die falsche Stelle.«

»Oh, tut uns echt leid.« Kamil tat so, als ob sie sich geirrt hätten.

Der Gärtner winkte ab. »Nicht so schlimm. Die kleinen Löcher buddele ich ganz schnell wieder zu.«

»Nein, bloß nicht!«, rutschte es Moritz heraus.

10. Kapitel

Gefährliche Spucke

»Ring, ring!« Moritz fuhr mal wieder aus dem Schlaf hoch. Aber diesmal war er selbst schuld. Er hatte den Wecker auf 23:30 Uhr gestellt. Eine halbe Stunde vor Mitternacht. Genau nach Plan.

Kamil streckte sich. »Endlich geht es los! Ich hab kein Auge zugemacht.«

Leise zogen sie sich an. Moritz griff nach seinem Rucksack.

Im Flur trafen sie Stella. Sie trug in der einen Hand eine Wasserspritzpistole und in der anderen Hand eine Flasche mit Seifenblasen. »Bin bereit«, flüsterte sie.

Leise schlichen sie die Treppe hinunter, um Tante Isabella nicht aufzuwecken. Im Wohnzimmer war alles ruhig. Die Stühle standen dort, wo sie stehen sollten. Feierlich legte Moritz sein Gespensterbuch auf den Tisch. Danach setzte er seine Kürbis-Monsterbrille auf und versteckte sich mit Kamil und Stella hinter dem Vorhang. Dort hatten sie alles im Blick: den Tisch mit dem Köder für das Gespenst, den Spiegel, die Terrasse und den Garten. Jetzt mussten sie nur noch warten.

Alle paar Minuten sah Moritz auf die Uhr. Mannomann, dauerte das ewig! Um sich abzulenken, dachte er an den Nachmittag zurück. Beinahe hätte er dem Gärtner ihr schönes Geheimnis verraten. Stella hatte ihn gerettet. Sie hatte irgendwas von einem Beet erzählt, das sie angeblich unter der Kastanie anlegen wollten. Christian hatte ihr geglaubt und versprochen, die Löcher in Ruhe zu lassen. Die Sache war gerade noch mal gut gegangen.

Aus der Ferne schlug die Kirchturmuhr zwölfmal. Immer noch nichts.

Dann plötzlich doch. Kamil flüsterte Moritz ins Ohr: »Es ist da.«

Im selben Moment fing Moritz an zu frieren. Es war wieder eisig kalt. Jetzt bloß nicht bewegen und kein Geräusch machen! Moritz atmete ganz flach und duckte sich hinter den Vorhang. Der Stoff berührte seine Nase. Das kitzelte wie verrückt. Moritz hielt sich die Nase zu. Nein, er würde nicht niesen!

Da rutschte das Buch auf dem Tisch hin und her. Jemand blätterte hastig ein paar Seiten um. Danach war es wieder still. Moritz vergaß, dass seine Nase gejuckt hatte. Auf einmal spürte er einen Luftzug. Das Gespenst war ganz nah! Es musste sehr schnell am Spiegel vorbeigeflogen sein.

Moritz nickte Stella und Kamil zu, zählte in Gedanken: 3, 2, 1 …

»LOS!«

Auf einmal passierte ganz viel gleichzeitig. Stella spritzte mit der Wasserpistole. Kamil blies in seine Fantröte. Und Moritz pustete Seifenblasen durch die Luft.

»Huhuuuu!«, heulten sie zu dritt.

Die Hängelampe an der Decke schaukelte hektisch hin und her.

»Gib auf!«, rief Moritz. »Wir kennen dich. Zeig dich endlich!«

Die Lampe beruhigte sich wieder. Sie hörten nichts mehr. Viel zu lange war es verdächtig still. Dann wurde die Terrassentür aufgerissen.

»Es haut ab!«, zischte Kamil.

»Hinterher«, flüsterte Stella. »Aber ganz leise. Es darf uns nicht bemerken.«

Zum Glück war es draußen nicht stockdunkel. Der Mond stand voll und rund am Himmel und die Sterne leuchteten. Wie die Indianer schlichen Moritz, Stella und Kamil geduckt durch den Garten. Ab und zu raschelten Grashalme und jemand murmelte leise vor sich hin. Dann wussten sie, dass sie auf der richtigen Fährte waren.

Auf einmal klapperte es. Der Spaten des Gärtners schwebte in der Luft! Er flog vom Gartenteich hinüber zur Kastanie, unter der sie am Nachmittag gebuddelt hatten. Das Gespenst suchte tatsächlich etwas! Schnell versteckten sie sich hinter einem Himbeerstrauch.

Aus einer Vertiefung flogen Erdklumpen und Steine hoch. In rasender Geschwindigkeit hob der unsichtbare Gärtner das Erdreich aus. Das Loch wurde immer tiefer und der Erdhaufen daneben immer größer.

Dann hörten sie ihn jubeln: »*Tandem*. Endlich! *Gratia superis*!«

Es klimperte. Und plötzlich schimpfte er los: »*Stercus, stercus*! Mist!«

Ein silbrig glänzender Helm tauchte aus dem Erdloch auf. Kurz darauf ein kräftiger Oberkörper mit einem seltsamen weißen Leinenkleid. Der sportliche Mann versuchte, etwas Klebriges von seiner rechten Hand abzuschütteln. Er schaffte es nicht und schimpfte weiter. Jetzt sprang er auf dem Rasen herum. Moritz starrte auf seine Schuhe. Es waren merkwürdige Sandalen mit Riemen, die der Mann bis unter die Knie geschnürt hatte.

Kamil kratzte sich am Ohr. »Was ist das denn für ein Typ? Kommt der von einer Kostümparty?«

Inzwischen hatte der Mann es geschafft, das klebrige Etwas am Baumstamm der Kastanie abzustreifen. Es musste ein Kaugummi sein, den Christian, der Gärtner, ausgespuckt hatte.

»Menschenspucke …«, murmelte Moritz.

Stella sah ihn fragend an. »Was ist los?«

»Menschenspucke macht Gespenster sichtbar«, flüsterte Moritz. Er konnte es nicht glauben. Was für ein Glück, dass sie genau in diesem Augenblick in der Nähe waren!

Stella ächzte: »Bin ich froh, dass der Typ in echt nicht so gruselig aussieht wie im Spiegel.«

Moritz hätte es zwar nie zugegeben, aber er war auch heilfroh darüber. Langsam richtete er sich auf, setzte seine Kürbis-Monsterbrille ab und winkte dem Mann zu. »Bitte erschrick nicht. Wir können dich sehen.«

Das Gespenst nahm den Helm vom Kopf. Darunter kamen braune, platt gedrückte Haare zum Vorschein. Ungläubig starrte der Mann zum Himbeerstrauch hinüber.

Moritz winkte ihm weiter ruhig zu. Stella und Kamil trauten sich jetzt auch aus ihrem Versteck und lächelten freundlich.

»Herzlich willkommen in unserem Garten«, sagte Stella. »Dürfen wir näher kommen?«

Das Gespenst machte einen Schritt zurück. Es drehte sich um, schnappte sich den Helm und setzte ihn wieder auf. Dann rannte es los, sprang über den Zaun, breitete die Arme aus und schwebte davon. Immer höher flog es in den Himmel hinauf. Bald war es so klein wie ein Taschentuch. Und irgendwann konnte Moritz es gar nicht mehr erkennen.

»Schade«, seufzte er. »Das Gespenst hat Panik bekommen. Wahrscheinlich ist es das erste Mal sichtbar geworden.«

»Zwick mich mal«, sagte Stella zu Kamil. »Das war jetzt kein Traum, oder? – Autsch!« Sie verzog das Gesicht. »Alles klar, das war kein Traum. Wir haben wirklich ein Gespenst gesehen.«

Kamil lief zur Kastanie und kletterte ins Erdloch hinunter. »Ich hab was gefunden! Kommt schnell her.«

Moritz und Stella sprinteten zu ihm hin. Kamil leuchtete mit seiner Taschenlampe auf eine Stelle in der Mitte. Im Lichtkegel sah Moritz etwas golden schimmern.

»Ein Anhänger!«, jubelte Stella.

»Und da ist noch was.« Moritz hatte mit seinen scharfen Augen eine Münze entdeckt.

Kamil fischte sie aus der Erde und rieb sie mit den Fingern blank. »Eine Goldmünze ... Da ist ein Mann drauf mit einem Kranz auf dem Kopf. Die Münze ist bestimmt sehr alt und wertvoll. Und der Anhänger auch.«

Stella betrachtete den fein gearbeiteten Schmuck. Er hatte die Form eines Halbmondes und man sah darauf die Köpfe eines Mannes und einer Frau.

»Ein Schatz in unserem Garten!«, rief Moritz, »wetten, da unten ist noch mehr versteckt?«

11. Kapitel

Unter der Erde

»Ich hab eine Idee«, sagte Tante Isabella am nächsten Vormittag. Ihre lebhaften Augen blitzten vergnügt.

Moritz wurde sofort neugierig. Die Ideen seiner Tante waren eigentlich immer gut.

»Wir könnten eine Radtour zum Badesee machen«, schlug Tante Isabella vor. »Heute ist der letzte schöne Tag, haben sie im Wetterbericht gesagt. Ab morgen soll es wieder regnen.«

Moritz, Stella und Kamil sahen sich schweigend an.

»Äh… tolle Idee!« Moritz suchte fieberhaft nach einer Ausrede. Normalerweise fuhr er sehr gerne Rad, aber heute passte es überhaupt nicht.

Kamil nickte in Zeitlupe. »Klingt echt gut, Mama…«

Tante Isabella stutzte. »Wie? Habt ihr etwa keine Lust?«

»Doch, schon …«, druckste Stella herum. »Aber …«

»Was aber?«, wollte Tante Isabella wissen.

Endlich war Moritz etwas eingefallen. »Wir haben leider keine Zeit. Wir haben dem Gärtner versprochen, dass wir schöne Steine sammeln für den Rand vom Gartenteich.«

»Aber Christian ist doch heute gar nicht da«, sagte Tante Isabella.

»Stimmt.« Stella wurde ein bisschen rot. »Deswegen hat er uns ja gefragt. Heute stören wir ihn nicht bei der Arbeit.«

»Ach so.« Tante Isabella zögerte. »Ja dann … hm … schade. Aber ich finde es richtig nett von euch, dass ihr Christian helft. Wisst ihr was? Das ist kein Problem. Ich radele mit einer Freundin zum Badesee.«

»Viel Spaß, Mama!«, sagte Kamil fröhlich. »Tschüss!« Und schon flitzte er mit Moritz und Stella aus der Küche.

»Ihr habt's aber eilig«, rief Tante Isabella ihnen hinterher.

Moritz musste grinsen. Klar hatten sie es eilig! Schließlich wollten sie heute den großen Schatz ausgraben, bevor ihnen jemand anderes zuvorkam. Franz und Jakob zum Beispiel. Die Nachbarn hatten sich zwar seit ihrem Stinkbomben-Angriff nicht mehr blicken lassen, aber man konnte nie wissen, wo sie sich überall herumtrieben.

Moritz, Stella und Kamil holten sich Gartenhandschuhe, damit sie keine Blasen bekamen. Dann verteilten sie die Schaufeln und machten sich an die Arbeit.

»Wir müssen ganz vorsichtig graben«, mahnte Stella, »damit wir nicht aus Versehen irgendein wertvolles Teil kaputt machen.«

Moritz nickte. »Ich passe extra gut auf.«

Eine Weile schaufelten sie, ohne sich zu unterhalten. Dann zog Stella eine Keramikscherbe aus der Erde. »Ich hab was gefunden! Leider kein Gold.«

»Ist trotzdem interessant«, sagte Kamil. »Leg es mal hier auf die Seite.«

Sofort gruben sie weiter. Moritz' Herz klopfte ganz schnell. Mannomann, war das spannend! Er kam sich vor wie ein Goldgräber. Plötzlich stieß er auf etwas Hartes. Das war kein Stein, das musste irgendwas anderes sein. Moritz zog die groben Handschuhe aus und durchkämmte mit beiden Händen die Erde.

Seine Finger ertasteten einen größeren Gegenstand. Was war das? Jetzt spürte er oben etwas Raues. Es war ein Teller aus Keramik.

Moritz winkte Kamil und Stella zu sich her. »Ich brauche eure Hilfe. Da ist noch was Größeres unter dem Keramikteller.«

Was es auch immer war, es steckte ziemlich tief in der Erde. Um den Schatz nicht zu zerstören, gruben sie mit bloßen Händen an den Seiten die Erde weg. Nach und nach legten sie ein Gefäß aus Keramik frei, eine rot glänzende Schale, die mit einem Teller abgedeckt war. Moritz traute sich kaum, die Schale anzufassen. Sie war richtig schwer. Wie ein rohes Ei hob Moritz das Gefäß Zentimeter für Zentimeter aus der Vertiefung. Geschafft! Er hatte es befreit und setzte es sanft auf dem Rasen ab.

»Wartet«, sagte Stella. »Wir brauchen einen Pinsel. Den hab ich immer in meiner Detektiv-Tasche dabei, falls ich mal Fingerabdrücke mit Rußpulver sichern muss.«

Moritz pfiff beeindruckt durch die Zähne. Seine Cousine überraschte ihn immer wieder.

Stella entfernte mit dem Pinsel die letzten Erdkrümel. Jetzt konnte man erkennen, dass es eine sehr alte Keramikschale war. Sie hatte ein paar Risse und an einer Seite fehlte ein Stück. Aber ansonsten war das Gefäß erstaunlich gut erhalten und reich verziert mit Hunden und Hasen, die übermütig hintereinander herliefen.

»Probier doch mal, Kamil, ob die Keramikscherbe in die Lücke passt«, sagte Moritz.

Kamil holte die Scherbe und fügte sie ein. »Passt perfekt.« Er drehte die Schale ein wenig, damit alle sie gut sehen konnten. Über den Hasen und Hunden gab es nämlich noch eine kunstvolle Girlande.

»Habt ihr das auch gehört?«, fragte Stella. »Da hat doch was geklirrt…«

»Ja, das kam aus der Schale«, flüsterte Moritz.

Sie starrten auf das alte Gefäß, das seit vielen Hundert oder sogar Tausend Jahren in der Erde geruht hatte. Ein Schatz aus einer längst vergangenen Zeit, wahrscheinlich aus einem anderen, fremden Land. Moritz war auf einmal ganz feierlich zumute.

»Willst du…?«, fragte er seine Cousine.

Stella nickte. Mit zitternden Fingern berührte sie den Teller und hob ihn an. Erst als sie ihn sicher abgelegt hatte, beugten sie sich zu dritt nach vorne.

Im Inneren der Keramikschale schimmerte und

funkelte es. Goldene Münzen, Ringe, Armbänder, Ketten und Anhänger. Der Topf war randvoll davon!

Moritz holte eine besonders schöne Goldmünze heraus. Sie sah ganz ähnlich aus wie die erste, die sie gestern gefunden hatten. Wieder war der Mann mit dem Lorbeerkranz darauf. Links über seinem Kopf stand »M ANTONINVS AVG« und rechts »ARMENIACVS«. Plötzlich fiel es Moritz wie Schuppen von den Augen. »Antoninus … Das muss ein römischer Kaiser gewesen sein!«

»Ja, klar«, rief Stella. »Ein Kaiser aus dem alten Rom. Wann haben die noch mal gelebt? Ich glaube, vor 2000 Jahren oder so.«

Moritz schluckte. »Dann ist ja … dann ist der Schatz ja auch 2000 Jahre alt!«

»Wir haben einen echten Römerschatz gefunden«, murmelte Kamil. »Was machen wir jetzt damit? Dürfen wir den überhaupt behalten?«

Stella überlegte. »Keine Ahnung. Da müssten wir Mama fragen.«

»Ich hab eine bessere Idee«, sagte Moritz. »Wir legen den Anhänger und die Münze von gestern dazu und graben die Schale mit dem Teller wieder ein.«

Kamil und Stella sahen ihn entsetzt an.

Moritz grinste. »Unser Gespenst kommt bestimmt noch mal zurück und sucht weiter nach dem Schatz. Wir verstecken uns in der Nähe und diesmal entkommt er uns nicht. Ich will diesen seltsamen Römer unbedingt kennenlernen!«

12. Kapitel

Es ist nie zu spät

»Ist ja richtig bequem hier«, stellte Kamil fest.

Moritz strich über den dicken grauen Stoff, mit dem der Gärtner den Teich ausgelegt hatte. Kamil hatte recht. Es fühlte sich an wie ein Teppich. Später würde dann noch die Teichfolie darüber kommen.

Das Loch war jetzt richtig tief und ein geniales Versteck. Moritz, Stella und Kamil lagen auf dem Bauch und lugten ab und zu über den Rand der Grube hinüber zur Kastanie.

»Hoffentlich lässt sich der Römer nicht von unserem Stoppschild abhalten«, sagte Stella besorgt.

»Glaube ich nicht«, sagte Kamil. »Der ist doch voll im Schatzfieber.«

Das Stoppschild hatten sie aus Pappe gemacht und für den Gärtner aufgestellt. Er durfte auf keinen Fall auf die Idee kommen, dort zu buddeln. Christian war sehr nett gewesen und hatte ihnen versprochen, ihr Beet in Ruhe zu lassen.

Moritz sah auf seine Armbanduhr. 0:13 Uhr. »Wo bleibt er denn? Wenn er weiter trödelt, fängt es noch an zu regnen.«

Heute waren kaum Sterne am Himmel. Dunkle, schwere Wolken verdeckten den Mond.

Stella lugte über den Rand des Gartenteichs. »Ich glaube, er kommt.«

Da! Eine schlanke, hochgewachsene Gestalt tauchte auf: der Römer in Tunika und Sandalen, diesmal ohne Helm, aber dafür mit Christians Spaten in der Hand. Das Gespenst war wieder da und sie konnten es gleich von Anfang an sehen!

Der Römer begann zu graben, doch bald warf er den Spaten zur Seite, ging auf die Knie und buddelte mit den Händen weiter.

»*Quae fortuna!*«, jubelte er plötzlich. »Was für ein Glück!«

Er hatte die Keramikschale gefunden, legte sie frei und hielt sie wie einen Siegerpokal in die Höhe. Dann kletterte er aus der Grube und wollte mit dem Schatz abhauen.

»Halt! Stehen bleiben!«, rief Kamil.

Zu dritt kamen sie aus ihrem Versteck und rannten auf den Römer zu.

Diesmal erschrak er nicht. Er verteidigte seinen Schatz: »*Omnia mea sunt!* Alles meins!«

»Das glaube ich nicht«, sagte Moritz. »Den Schatz hast du doch bestimmt gestohlen, genau wie mein Buch.«

Das römische Gespenst kam ins Stottern: »Äh … ich habe mir den *liber* … äh … den Buch nur ausgeleiht.«

»Du meinst ›ausgeliehen‹«, verbesserte Stella ihn streng. »Wenn man sich etwas ausleiht, bringt man es dem Besitzer wieder zurück. Das hast du aber nicht getan. Du hast dir das schöne Buch gleich zweimal geschnappt und einfach im Dreck liegen lassen.«

»*Mea culpa!* Meine Schuld!« Der Römer legte die Hand aufs

Herz. »Ich wollte es nicht machen dreckig und hätte es zurückgegeben ganz bald. Ich war neugierig, wollte lernen neue Sprache. Wie heißt? Germania?«

»Deutsch«, sagte Kamil.

»Danke.« Das Gespenst zeigte auf die Keramikschale in seinem Arm. »*Thesaurus* ... äh ... der Schatz gehört wirklich mir. *In gloriam mea*, bei meiner Ehre als römischer Bürger! Bitte glaubt mir. Ich bin Lucius.«

»Ich heiße Moritz und das sind Stella und Kamil.«

Sie schüttelten sich die Hand. Moritz schauderte. Lucius' Finger fühlten sich an wie Eiswürfel.

»*Valde placet!* Freut mich sehr.« Zum ersten Mal lächelte der Römer. Seine blauen Augen waren offen und ehrlich.

Moritz zögerte. »Hm ... Wir würden dir ja gerne glauben, aber ...« So leicht ließ er sich den tollen Schatz nicht wegnehmen. »Also du musst uns schon verraten, wie du zu dem Schatz gekommen bist.«

»Das ich mache sehr gern.« Lucius nickte. »Wollen wir uns auf die *murus* setzen?«

Stella runzelte die Stirn. »Ach, du meinst die Mauer. Jetzt habe ich ein lateinisches Wort gelernt: *murus*. Klingt mega.«

Als sie sich setzten, gaben die dunklen Wolken den Mond wieder frei. In seinem milden Licht schimmerte die rote Keramikschale wie Samt.

Lucius stellte das Gefäß behutsam ab. Dann fing er an zu erzählen: »Ich lebte vor 2000 Jahren, zur Zeit von Kaiser Marcus Aurelius Antoninus, in einem *castellum*. Das war ein römisches Lager hier bei euch in der Gegend. Ich war der Anführer einer Hilfstruppe mit Soldaten aus Gallien. Eines Tages verkündete ein berittener Bote eine schreckliche Nachricht: ›Germanen stürmen auf unser Lager zu. Es sind unglaublich viele. Sie werden uns angreifen!‹ Ich werfe schnell *thesaurus* … das Geld und den Schmuck meiner Familie in diese Schale. Die verstecke ich in einer Grube mit Abfall, damit die Feinde ihn nicht in die Finger bekommen. Danach sage ich *carissima mulier*, meiner lieben Frau, die ich hier in der Provinz Rätien habe kennengelernt: ›Flieh mit den Kindern in die Wälder! Versteckt euch dort.‹ Ich verspreche ihnen: ›Da seid ihr sicher. Ich komme nach mit *thesaurus* und …‹« Lucius konnte nicht weiterreden. Seine Stimme war auf einmal ganz rau.

Moritz ahnte, was dann passiert war, aber er traute sich nicht, es auszusprechen.

Kamil gab sich einen Ruck. »Bist du im Kampf gestorben?«

»Ja«, sagte Lucius leise. Plötzlich trommelte er mit beiden Fäusten gegen seine Brust. »*Mea culpa!* Ich bin schuld, dass meine Familie musste hungern. Alle hatten große Not – wegen mir! Ich hätte meiner Frau den Schatz mitgeben sollen…« Lucius verstummte.

Stella wischte sich verstohlen eine Träne aus dem Augenwinkel. »Wie schrecklich… Aber du kannst doch nichts dafür. Du konntest ja nicht wissen, dass du sterben würdest.«

Lucius seufzte tief. »Ich weiß. Trotzdem seither ich komme nicht zur Ruhe. Muss spuken als Gespenst. Natürlich habe ich sofort versucht nach meinem Tod, Schatz zu holen und meiner Familie zu bringen. Aber *castellum* war verwüstet, Grube verschüttet. Es war zu spät. Ich habe Versteck nicht mehr gefunden. Auch danach nicht in all den vielen, vielen Jahren. Man hat gebaut immer wieder neue Häuser über dem römischen Lager.«

»Aber du hast trotzdem nicht aufgegeben«, sagte Moritz bewundernd. »Darauf kannst du stolz sein.«

Kamil sah Lucius verschmitzt an. »Von uns hast

du dich auch nicht stören lassen. Obwohl wir zurückgespukt haben und dir beinahe den Schatz weggeschnappt hätten.«

Endlich lächelte Lucius wieder ein bisschen. »Das Schlimmste war der Wasserangriff mit diesem komischen Teil …«

»Pistole«, erklärte Moritz.

Lucius nickte. »So was gab es nicht bei uns im alten Rom. Aber ich bin froh, dass wir uns haben getroffen. Sonst hätte ich nie die lustigen Witze über Gespenster gelesen.«

»Welcher Witz hat dir eigentlich am besten gefallen?«, fragte Moritz.

Lucius kratzte sich am Kinn. »Hm … wartet. *Ipsum bonum*, der war gut: ›Was macht ein Gespenst, wenn es Angst hat? Es erschreckt sich zu Tode.‹«

13. Kapitel

Geheimnisse

»Pssst!«, warnte Stella. »Wir dürfen nicht so laut lachen, sonst wacht Mama auf.«

Lucius hielt sich die Hand vor den Mund und kicherte vergnügt weiter. Moritz freute sich, dass er seinen Kummer für einen Augenblick vergessen konnte. Doch auf einmal wurde Lucius unruhig. »Kann eure Mutter mich auch sehen?«

Moritz beruhigte ihn. »Nein. Nur wir können dich sehen, weil wir zufällig dabei waren, als du an dem Kaugummi kleben geblieben bist.«

»Kaugummi?«, fragte Lucius.

»Das ist etwas Süßes, auf dem man herumkaut«, erklärte Kamil. »Der Gärtner hat den Kaugummi ausgespuckt. Und weil seine Menschenspucke dran war, bist du sichtbar geworden.«

Lucius' Gesicht hellte sich auf. »Ah! *Teneo.* Ich verstehe. Sehr interessant.«

Stella schüttelte sich. »Du findest Spucke gar nicht eklig?«

»Nein, wieso sollte ich? Hat doch jeder Mensch. Bei uns in Rom die Menschen haben auf den Straßen nicht nur gespuckt. Sie haben auch …«

»Stopp!«, rief Stella. »Das will ich gar nicht genauer wissen.«

Moritz ließ die Beine baumeln und betrachtete nachdenklich die Keramikschale unter seinen Füßen. »Was machst du jetzt eigentlich mit den vielen Goldmünzen und dem Schmuck? Deiner Familie kannst du es nicht mehr geben. Die ist ja längst gestorben.«

Lucius nickte traurig. »Da hast du natürlich recht. Ich möchte es nicht behalten für mich, ich möchte ein *donum* machen. Wie sagt ihr dazu?«

»Ein Geschenk?«, riet Stella.

»Ja, genau.« Lucius lächelte. »Ich will meinen Fehler von damals wieder machen gut. Heute gibt es sicher auch arme Kinder, die nicht genug zu essen haben. Sie bekommen meinen Schatz. Ich weiß nur noch nicht, wie ich die Münzen soll verteilen. Die Kinder können mich ja gar nicht sehen …«

»Stimmt«, stellte Kamil fest. »Ist echt blöd für dich. Tja, da kann man nix machen.«

Stella boxte ihrem Bruder in die Rippen. »Natürlich kann man da was machen, Lucius. Wenn du magst, helfen wir dir dabei, den Schatz an die Kinder zu verteilen.«

»Das würdet ihr wirklich tun?« Lucius strahlte.

»Klar«, sagte Moritz. »Stella, Kamil und ich setzen uns zusammen und machen einen Plan. Das hat schon mal gut geklappt.«

Stella lächelte. »Diesmal musst du uns vertrauen, Lucius. Lässt du uns den Schatz da? Wir brauchen ihn, wenn wir dir helfen wollen. Natürlich geben wir ihn dir ganz bald zurück.«

Lucius nickte. »Ich vertraue euch. Aber ihr dürft eurer Mutter nicht erzählen von mir. Das bleibt unser *secretum*, ja? Ich kenne leider nicht das deutsche Wort…«

Moritz zwinkerte Lucius zu. »Keine Sorge, das bleibt unser Geheimnis. Du kannst dich voll und ganz auf uns verlassen.«

»Mama glaubt sowieso nicht an Gespenster«, fügte Kamil hinzu.

»Dong!« Aus der Ferne schlug die Kirchturmuhr einmal.

Lucius sprang hastig von der Mauer. »Die Geisterstunde ist vorbei, ich muss los. *Valete amici*, auf Wiedersehen, Freunde!«

»Auf Wiedersehen!« Moritz winkte dem Römer nach, der eilig davonschwebte.

Je mehr Lucius sich entfernte, umso kleiner wurde er. Bald konnte man nur noch einen weißen Fleck erkennen, dann verschwand der Römer völlig. Zurück blieb nur ein Hauch kühler Luft.

Stella gähnte. »Jetzt muss ich aber dringend ins Bett, sonst schlafe ich im Stehen ein.«

Tante Isabella hatte Feuer im Kachelofen gemacht. »Gleich wird es warm, Kinder. Dieser Sommer ist wirklich verrückt. Erst war es so heiß und jetzt friert man selbst im Pulli.« Sie setzte sich zu Kamil, Stella und Moritz aufs Sofa. »Ihr wolltet was Wichtiges mit mir besprechen?«

»Du kannst dich freuen«, sagte Moritz. »Die Gespensterjäger waren erfolgreich!«

»Wir haben das Gespenst vertrieben«, erzählte Kamil stolz.

Stella nickte. »Es war ein Dieb. Er hat Moritz' Buch geklaut, aber wir haben es ihm wieder abgenommen. Du kannst wieder ganz beruhigt schlafen, Mama. Der Spuk ist vorbei.«

Tante Isabella klatschte in die Hände. »Wirklich? Das ist ja toll! Nur *ein* Dieb? Dann war es Franz? – Nein? – Jakob?«

»Weder noch«, sagte Moritz. »Aber die knöpfen wir uns trotzdem noch vor.«

Seine Tante lächelte. »Ich verstehe. Ihr wollt mir nicht verraten, wer der Dieb ist. Das Ganze ist streng geheim, oder?«

Stella verschränkte die Arme. »Genau. Über nähere Einzelheiten unserer Ermittlungen dürfen wir leider nicht sprechen. Aber wir haben im Garten was Tolles gefunden.«

Das war das Stichwort für Moritz. Er beugte sich über die Sofalehne und zog die Wolldecke weg, mit der er die Keramikschale verhüllt hatte. Kamil nahm schwungvoll den Teller ab. Die Münzen und der Schmuck funkelten um die Wette.

Tante Isabella schnappte nach Luft. »Was ist … DAS?«

»Ein Schatz aus der Römerzeit«, verkündete Moritz.

Zum ersten Mal erlebte er seine Tante sprachlos. Mindestens eine Minute lang brachte sie kein einziges Wort heraus. Kamil nutzte die Gelegenheit und erzählte ausführlich, wie sie unter der Kastanie gegraben und schließlich die Keramikschale entdeckt hatten. Nur die Begegnung mit Lucius ließ er weg.

Tante Isabella lauschte mit offenem Mund. Immer wieder schüttelte sie den Kopf. »Das ist … das ist ja wirklich … unglaublich! So ein wertvoller Schatz in meinem Garten. Und ihr habt ihn gefunden. Ihr seid so toll. Ihr seid Geisterjäger *und* Schatzjäger!«

Moritz, Kamil und Stella grinsten sich an. Das sollte ihnen erst mal jemand nachmachen!

»Wie ist das denn jetzt eigentlich?«, erkundigte sich Stella so beiläufig wie möglich. »Dürfen wir den Schatz behalten?«

»Gute Frage«, sagte Tante Isabella. »Da kenne ich mich leider nicht aus.« Sie runzelte die Stirn. Dann stand sie plötzlich auf und lief zum Bücherregal. »Irgendwo muss es doch sein … Ich weiß, dass ich es habe … Ah, ja!« Sie zog einen dicken Wälzer aus dem Regal und klopfte darauf. »Das Bürgerliche Gesetzbuch. Da steht so was bestimmt drin.« Hektisch blätterte sie im Inhaltsverzeichnis. »Wer sagt's denn? Hier ist es. Hört zu: ›Wird eine Sache, die so lange verborgen gelegen hat, dass der Eigentümer nicht mehr zu ermitteln ist (Schatz), entdeckt und infolge …‹«

Moritz unterbrach sie. »Das kapiert doch kein Mensch!«

»Stimmt«, gab Tante Isabella zu. »Wartet …« Sie las für sich alleine weiter. »Aha. Jetzt verstehe ich. Also: Ihr seid die Entdecker, und mir gehört der Garten, in dem der Schatz gefunden wurde. Hier steht, dass wir den Schatz behalten und teilen dürfen. Ihr als Entdecker bekommt die eine Hälfte und ich als Eigentümerin des Fundortes die andere.«

»Hurra!«, jubelte Moritz.

Tante Isabella legte das Gesetzbuch weg. »Am besten verkaufen wir die Münzen und den Schmuck. Ich wette, das Historische Museum nimmt sie uns gerne ab und zahlt dafür viel Geld. Wir sind reich.«

»Yeah!« Kamil trommelte sich auf die Oberschenkel. »Jetzt kriegen wir alle neue Handys und eine Playstation.«

Stella zeigte ihrem Bruder einen Vogel. »Und jeder einen eigenen Fernseher hast du noch vergessen.«

Kamil grinste breit. »Stimmt genau.«

»Hört nicht auf den«, sagte Moritz. »Wir wollen das Geld an arme Kinder spenden. Das haben wir alles schon besprochen.«

Tante Isabella strahlte. »Was für eine tolle Idee, Kinder!«

14. Kapitel

Rache ist süß

Mitternacht. In Kamils Zimmer brannte noch Licht. Lucius saß im Schneidersitz auf dem Teppich und wackelte aufgeregt mit den Zehen. »Ist das wirklich wahr? Mein Wunsch geht in Erfüllung?«

Moritz klopfte gegen den Holzbalken. »Ja! Aber die Sache war ganz schön kompliziert. Das Historische Museum hat den Fund erst mal bei der Denkmalpflege gemeldet. Gestern waren Archäologen von der Stadt bei meiner Tante. Die haben sich die Fundstelle und den Schatz angesehen und gemeint, dass er richtig wertvoll ist. Und jetzt kommt das Beste: Das Historische Museum wird Tante Isabella den Schatz abkaufen! Mit dem Geld kannst du sehr vielen Kindern helfen. Genauso wie du es wolltest.«

»*Bonum, bonum*«, murmelte Lucius. »Ich kann gar nicht sagen euch, wie *beatus*… wie glücklich mich das macht. Tausend Dank, *mi amici*!«

Stella lächelte. »Gerne.«

»War doch selbstverständlich«, sagte Kamil.

Lucius schüttelte den Kopf. »Nein, nein, das war gar nicht selbstverständlich. Zu Hause im alten Rom würde ich jetzt eine *cena*, ein großes Festmahl für euch geben. Als Vorspeise frische Schnecken und Muscheln. Danach gebratene Haselmäuse und Schweineeuter mit Aprikosen.«

»Äh … ja … klingt alles ganz toll«, behauptete Moritz. »Aber wir sind nicht im alten Rom und …«

»… das ist wirklich nicht nötig«, versicherte Kamil.

»Wirklich überhaupt nicht nötig!«, betonte Stella.

Lucius seufzte. »Ihr seid viel zu bescheiden, Kinder. Aber womit ich kann euch dann eine Freude machen? Wünscht euch was!«

Eigentlich war Moritz gerade wunschlos glücklich, aber dann fiel ihm doch was ein. »Du könntest bei unseren Nachbarn ein bisschen spuken.«

»Au ja!« Kamil rieb sich die Hände. »Franz und Jakob haben es echt verdient.«

Stella erzählte von der Sache mit der Stinkbombe und dass es auch sonst immer wieder Ärger mit den Jungs gab. Dann erwähnte sie noch, dass sich das Zimmer der beiden unter dem Dach befand.

Lucius sah auf die Uhr. Inzwischen war es halb eins geworden. »Die können was erleben! Bin schon unterwegs.« Er machte das Fenster weit auf, kletterte hinaus und flog zum Nachbarhaus hinüber.

»Schnell!«, rief Moritz. »Vielleicht können wir ja was sehen.« Zu dritt liefen sie zum Fenster.

Lucius setzte sich auf den Schornstein der Nachbarn und ließ sein schauriges Lachen extra tief aus der Kehle aufsteigen: »Uaaahahahaaaa! Uaaaaarggg …«

Das Dachfenster klapperte. Ein Fensterflügel ging auf. Vorsichtig streckte Franz den Kopf heraus. »Wer … ist da…da…da?«

Jakob schubste seinen Bruder zur Seite. »Lass mich das machen! Wir wissen, dass ihr das seid. Hau ab, Moritz!«

Franz hatte seinen Mut wiedergefunden. »Ihr auch, Stella, Kamil. Verschwindet!«

»Ich bin *nicht* Moritz«, stellte Lucius klar. »Und ich heiße auch nicht Stella oder Kamil. Mein Name ist Lucius. Man nennt mich auch Lucius, das schreckliche Gespenst. Uaaahahahaaaa!«

Franz und Jakob stießen vor Schreck mit den Köpfen zusammen. Während Franz leise vor sich hin jammerte, sagte Jakob trotzig: »Gespenster gibt es nicht! Glaubt ihr wirklich, wir fallen darauf rein?«

»Ach ja? Dann passt mal auf. *Hic*!« Lucius griff in die Dachrinne. Da waren noch ein paar Kastanien vom letzten Herbst drin. Lucius warf sie in die Luft und fing sie wieder auf. Er konnte jonglieren wie ein Profi.

»Wa…wa…was ist das?«, stammelte Franz.

Jetzt fing auch Jakobs Stimme an zu zittern. »D… da ist doch ein Trick dabei.«

Lucius lachte wieder schaurig. »Kein Trick. 2000 Jahre Übung! Wollt ihr noch mehr sehen?«

»Nein!«, rief Franz entsetzt. »Bitte hör auf zu spuken!«

Lucius ließ die Kastanien das Dach hinunterkullern. »Ich höre nur auf, wenn ihr mir gebt *promissum*, ein Versprechen.«

»Alles, was du willst«, sagte Jakob sofort.

»*Bonum, bonum*. Ihr lasst Moritz, Stella und Kamil ab sofort in Ruhe. Habt ihr mich verstanden?«

»G…geht klar«, versprach Franz.

Jakob nickte. »Machen wir.«

»Uaaahahahaaaa! Dann lebt wohl.« Lucius pustete zum Abschied einen Schwall eiskalte Luft zu Franz und Jakob hinüber.

Die Jungs flüchteten ins Zimmer und schlugen panisch ihr Fenster zu.

Moritz grinste von einem Ohr zum andern. »Von wegen, es gibt keine Gespenster!«

15. Kapitel

Valete!

Jede Nacht trafen Moritz, Stella und Kamil sich nun mit Lucius. In der Geisterstunde quatschten sie miteinander, spielten Fußball oder lasen sich gegenseitig Gespensterwitze vor. Tagsüber machten sie nicht besonders viel. Schließlich mussten sie ja irgendwann auch mal schlafen.

Tante Isabella wunderte sich zwar ein bisschen, dass sie so oft müde waren, aber sie hatte viel zu tun. Es gab einiges zu besprechen mit den Leuten vom Stadtmuseum. Gutachten mussten erstellt werden, wie viel der Schatz nun wirklich wert war. Weil das noch eine Weile dauern würde, bekam Tante Isabella schon mal einen Teil des Geldes ausbezahlt. Und dann war es endlich so weit: Moritz, Stella und Kamil durften zu einer Hilfsorganisation gehen und einen großen Scheck überreichen. Sie wurden fotografiert und kamen sogar in die Zeitung. Das war toll. Aber noch viel cooler war es, als sie nach Hause kamen und Lucius einen Freudentanz aufführte.

»*Gratias ago!* Ich danke euch, *mi amici.*« Er umarmte sie und brüllte: »Hurra!« Erschrocken schlug er sich mit der Hand auf den Mund. »Oje, jetzt ich war zu laut. Eure Mutter ist bestimmt aufgewacht.«

Kamil grinste. »Und wenn schon! Dann sieht sie nur uns Kinder.«

»Uaaah! Mich kann sie nicht erkennen«, feixte Lucius. »Ich bin nämlich für sie *unsichtbar*. Zur Feier des Tages ich sollte spuken noch mal so richtig, oder?« Er machte seinen Mund weit auf und hauchte mit seinem eiskalten Gespensteratem einen Rosenstrauch an. Plötzlich war der Strauch voller Eis.

»Lass den Quatsch!«, rief Stella.

Aber Lucius legte jetzt erst richtig los. Er rannte durch den Garten und ließ es überall schneien. Moritz, Stella und Kamil rannten hinterher, um ihn aufzuhalten.

»Pass auf, der Teich!«, warnte Stella. »Christian hat heute …«

Zu spät. Lucius stolperte über den Rand und seine Freunde konnten nicht mehr rechtzeitig bremsen.

»… Wasser eingefüllt«, kreischte Stella.

Erschrocken hüpfte ein Frosch zur Seite. Dann machte es laut »Platsch!« und alle fielen in den Gartenteich.

Moritz tauchte prustend wieder auf. »Mannomann, ist das kalt!«

Sie halfen sich gegenseitig, wieder an Land zu kommen. Das war gar nicht so einfach, weil ihre Kleider sich mit Wasser vollgesogen hatten und echt schwer waren.

Stella kicherte. »Den Spuk hättest du dir sparen können, Lucius. Das Eis schmilzt doch im Sommer sofort wieder.«

Der Römer pflückte eine Seerose aus seinen triefnassen Haaren. »Die schenke ich dir, Stella, weil ich so viel Quatsch gemacht habe. Ich setze lieber wieder meinen Helm auf.«

»Warum willst du jetzt schon los?«, fragte Kamil. »Die Geisterstunde ist doch noch gar nicht vorbei.«

Lucius nickte. »Ich weiß. Aber meine Zeit als Gespenst geht zu Ende. Ab heute muss ich nicht mehr spuken.«

Moritz hatte auf einmal einen dicken Kloß im Hals. »Dann ... dann verschwindest du jetzt und wir sehen uns nie wieder?«

»Also das geht gar nicht!«, rief Kamil. »Erst musst du uns noch verraten, wie dieser Spiegeltrick funktioniert. Der ist echt krass.«

Lucius seufzte. »Das ist kein Trick. Als Gespenst sieht man im Spiegel leider ziemlich gruselig aus. Aber das ist ja zum Glück jetzt vorbei. Also dann, macht's gut! *Valete, mi amici!*«

Sie umarmten sich ein letztes Mal.

»*Valete!*«, riefen Moritz, Stella und Kamil.

Lucius marschierte los. Seine nassen Sandalen machten ein schmatzendes Geräusch auf dem Rasen. Bei der Mauer drehte er sich noch einmal um und winkte ihnen zu. Dann breitete er die Arme aus und flog in den Nachthimmel. Höher und höher bis hinauf zu den Sternen.

Stella kämpfte mit den Tränen. »Er ist weg. Ich kann ihn nicht mehr sehen.«

»Ich auch nicht«, sagte Kamil traurig.

Moritz schlotterte auf einmal vor Kälte. »Wir sollten reingehen«, schlug er vor, »sonst kriegen wir einen Schnupfen.«

Das Haus war schrecklich leer ohne Lucius und viel zu ruhig. Niemand schaukelte auf der Hängelampe im Wohnzimmer. Keiner stieß einen Stuhl um.

Und niemand ließ Bücher in der Luft herumschweben.

Als Moritz ins Bad ging, um zu duschen, entdeckte er seine Kürbis-Monsterbrille. Sie lehnte am Spiegel über dem Waschbecken. Moritz riss die Augen auf: Da waren ja drei Goldmünzen! Moritz wollte schon nach den Münzen greifen, da breitete sich plötzlich ein feiner Nebel auf dem Spiegel aus.

»Nicht schon wieder!«, stöhnte Stella.

Aber im feuchten Nebel auf dem Badezimmerspiegel tauchte kein Gruselgesicht auf. Stattdessen erschien Buchstabe für Buchstabe einer Geisterschrift.

»Kommt mal her!«, rief Moritz aufgeregt.

»Das ist eine Abschiedsbotschaft von Lucius«, flüsterte Stella.

Moritz holte tief Luft und las die Nachricht laut vor:

Salve mi amici,
ihr habt mich gerettet. Gratias ago! Vielen Dank!
Als Soldat man muss sein mutig. Aber ihr wart noch viel mutiger als ich. Ihr habt mich erlöst. Endlich ich muss nicht mehr spuken und fühle mich nicht mehr schuldig. Non mea culpa! Das habe ich gelernt von euch.
Ich möchte mich bei euch bedanken mit einem donum. Die drei Goldmünzen aus meinem Schatz gehören euch. Wenn ihr sie haltet in euren Händen, denkt ihr dann an mich.
Alles Gute für euch, mi amici.
Valete, Lucius

»Coole Nachricht«, murmelte Stella. »Hey, jetzt verschwindet sie langsam wieder!«

»Und der Spiegel ist auch nicht mehr beschlagen«, stellte Kamil verblüfft fest. »Mann, sind das tolle Münzen! Lucius hat die schönsten für uns ausgesucht.«

Sie verteilten die Goldmünzen. Moritz bekam eine mit einer Frau auf der Rückseite. Sie hatte Flügel auf dem Rücken und sah aus wie ein Engel. Moritz nahm die Münze, warf sie hoch in die Luft und fing sie wieder auf.

Dann grinste er. »Hey, kennt ihr den schon? Ein Gespenst beim Frisör: ›Einmal waschen und schneiden bitte. Ich komme in einer Stunde wieder.‹ ›Halt!‹ ruft der Frisör. ›Sie müssen schon hierbleiben.‹ ›Nö‹, sagt das Gespenst, schraubt seinen Kopf ab und geht.«

Literarisches Rätsel
Welttag des Buches-Quiz

Wir hoffen, dass dir die Geschichte von Moritz, Stella, Kamil und dem Geist Lucius gefallen hat. Vielleicht hast du dir beim Lesen überlegt, wie aufregend es wäre, selbst einmal einen Schatz zu finden? Echte Goldmünzen können wir dir leider nicht schenken, aber mit ein wenig Glück hast du die Möglichkeit viele tolle Preise für dich und deine Klasse zu gewinnen. Dazu musst du nur das Welttag des Buches-Quiz auf den folgenden Seiten lösen und uns den richtigen Lösungssatz zuschicken.
So findest du den Lösungssatz: Trage jeweils den Buchstaben, der vor der richtigen Antwort steht, auf den Strich mit der entsprechen-

den Nummer ein. Der Buchstabe zur Frage 1 kommt also zum Beispiel auf den Strich mit der Nummer 1. Wenn du dir bei einer Antwort unsicher bist, kannst du natürlich zurückblättern und noch einmal nachlesen.
Wohin du den Lösungssatz schicken musst und was es alles zu gewinnen gibt, findest du am Ende des Quiz auf der Seite 117. Unter allen Einsendungen mit dem richtigen Lösungssatz ziehen wir 15 Gewinner.
Wir drücken dir die Daumen, dass du unter den Gewinnern bist und wünschen dir viel Spaß beim Rätseln!

1. Als was ist Moritz an seinem Geburtstag verkleidet?

   G) Mumie

   S) Skelett

   B) Moorgeist

   O) Zauberer

2. Welches Buch bekommt Moritz von Tante Isabella geschenkt?

   M) Rätselbuch

   H) Witzebuch

   W) Lexikon

   F) Sachbuch

3. Wo wohnt Tante Isabella?

   G) Regensburg

   U) Hamburg

   A) Augsburg

   B) Homburg

4. Was hat Moritz bei jeder Gespensterjagd dabei, da sein Vater es ihm in den Koffer eingepackt hat?

D) Spinnweben-Handschuh

W) Kürbis-Monster-Brille

I) Krümelmonster-Pullover

N) Kräuterhexen-Hut

5. Zu welcher Zeit hat der Geist Lucius gelebt?

C) Zur Zeit der Germanen

P) Zur Zeit der Azteken

M) Zur Zeit der Römer

E) Zur Zeit der Griechen

6. Woran kann man merken, dass ein Geist in der Nähe ist?

A) Der Himmel verfärbt sich grün.

S) Es wird plötzlich sehr kalt.

J) Die Milch im Kühlschrank wird sauer.

T) Die Tiere werden unruhig.

7. Was hinterlässt Lucius den Kindern als Abschiedsgeschenk?

B) Eine Schleimspur

L) Drei Goldmünzen

H) Seine alten Sandalen

V) Die Karte zu einem weiteren Schatz

Lösungssatz:

Wann werden Geister für uns sichtbar?

Durch $\underset{1}{\_}$ erü $\underset{2}{\_}$ run $\underset{3}{\_}$ mit

et $\underset{4}{\_}$ as $\underset{5}{\_}$ en $\underset{6}{\_}$ ch $\underset{7}{\_}$ ichem

Hast du den Lösungssatz gefunden?

Dann sende ihn bitte **mit Angabe deiner Schuladresse und Klassenstufe** an:

Stiftung Lesen

Postfach 38 60

55028 Mainz

Fax: 01805/ 224 393 640

E-Mail: quiz@stiftunglesen.de

WICHTIG:
Einsendeschluss für das Quiz ist Montag, der 22. Mai 2017. Die Gewinner werden unter allen richtigen Einsendungen ausgelost. Der Rechtsweg ist ausgeschlossen.

Die Lösung sowie die Gewinner werden ab Mitte Juni auf unserer Internetseite unter

www.stiftunglesen.de/welttag-des-buches

veröffentlicht. Das sich am Welttag des Buches-Quiz jedes Jahr sehr viele Schülerinnen und Schüler beteiligen, können wir nur die Gewinner schriftlich benachrichtigen.

Die Preise
1. Preis:
Ein eintägiger Ausflug mit der ganzen Klasse ins TV-Studio zur Aufzeichnung der ZDF-Quizsendung „1, 2 oder 3“ in die Bavaria Filmstadt bei München.

2. – 10. Preis:
Je ein Jahresabonnement der Zeitschrift Stafette, dem spannenden Magazin für schlaue Kids, sowie ein Buchpaket für die Klassenbibliothek.

11. – 15. Preis:
Briefpapier-Sets und ein Buchpaket für die Klassenbibliothek.

Deutsche Post

Bei allen Preisen handelt es sich um Klassenpreise.

Nachwort

Hast du bereits das Welttag des Buches-Quiz auf Seite 113 gelöst und damit bewiesen, dass du wie Moritz ein echter Geisterexperte bist? Für alle aufmerksamen Leser, die uns den richtigen Lösungssatz zuschicken, gibt es tolle Preise zu gewinnen!

Und jetzt ist deine Fantasie gefragt: Mach mit bei unserem Schreib- und Kreativwettbewerb der Stiftung Lesen und der Deutschen Post. Dabei kannst du mit deiner Klasse ebenfalls tolle Preise gewinnen. Alle Informationen und das Thema des Wettbewerbs erfährst du von deiner Lehrerin oder deinem Lehrer oder auf unserer Internetseite: www.stiftunglesen.de/welttag-des-buches. Die Gewinner dürfen sich unter anderem über einen aufregenden Tagesausflug freuen. Viele der kreativen Einsendungen werden auf www.deutschepost.de/welttag-des-buches.de veröffentlicht.

Aufregend und mit viel Rätselspaß geht es auch in vielen Buchhandlungen weiter, die eine literarische Schnitzeljagd zum Welttag des Buches veranstalten. Wenn es dir gelingt, die kniffligen Aufgaben rund um das Buch zum Welttag zu lösen, kannst du noch bei deinem Buchhändler an einer Verlosung teilnehmen. Die Gewinner dürfen sich über jede Menge neuen Lesestoff freuen!

Auch das Kinder- und Jugendprogramm des ZDF ist wieder dabei: In vielen Sendungen rund um den 23. April dreht sich alles um das Thema Bücher und Lesen. Schau doch mal rein! Weitere Informationen gibt es auch im ZDF-Internetangebot für Kinder unter www.zdftivi.de.

Wir wünschen dir viel Spaß bei allen Aktionen rund um den Welttag des Buches – beim Rätseln, Schreiben, Basteln – und natürlich beim Lesen!

HENRIETTE WICH
DAS GEHEIMNISVOLLE
SPUKHAUS
ALS GRAPHIC NOVEL
VON TIMO GRUBING

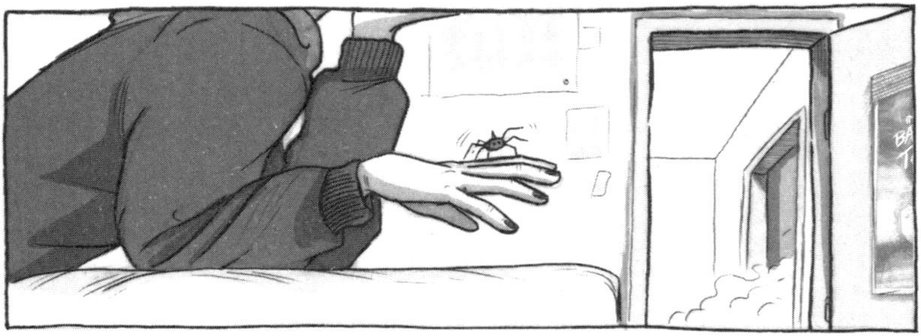

„Moritz, es klingelt. Machst du bitte auf?“, ruft Mama.
„Ich bin im Bad.“

Eine Minute später ...

„Huuaaah!“, macht Moritz.

Heute wird er 11 Jahre alt und bekommt jede Menge Post.

Moritz feiert mit seinen Freunden eine Gruselparty.

Die Gäste sind da.
Moritz' bester Freund Lukas kommt als 3571 Jahre altes Skelett.
Die anderen sind auch toll verkleidet:
als Zauberer,
als Vampir,
als Teufel,
als Zombie,
und als Hexe.
„Ich ziehe dich ins Moor hinein!", ruft Moritz.

Alle bis auf Emma rennen schreiend davon.
Dann packt Moritz die Geschenke aus.
Am meisten freut er sich über das Buch von Tante Isabella:
HA HA
HA HA
Die besten GESPENSTER-WITZE
Moritz liest gleich einen Witz vor:
„Warum können Gespenster keine Fußballprofis werden?
– Weil sie zu durchsichtig spielen!“

Am nächsten Morgen sagt Mama: „Schreib bitte deiner Tante einen Brief.“

Grummel, grummel ... Mit dem Handy geht es doch viel schneller.

Aber dann macht Moritz das Briefeschreiben doch Spaß.

„Vorsicht vor Nana!“, warnt er seine Tante. „Das Nebel-Gespenst hat einen giftigen Atem.“

Seine Tante ist Lehrerin. Aber sein Brief ist doch kein Deutschaufsatz!

Erst ist Moritz stinksauer.

Dann entdeckt er etwas. Die roten Kringel sind winzige Gespenster.

Seine Tante wollte ihn gar nicht ärgern. Sie hat ihm ein Rätsel geschickt!

Moritz fängt an zu knobeln.

Er wandelt die Gespenster-Buchstaben in Zahlen um.

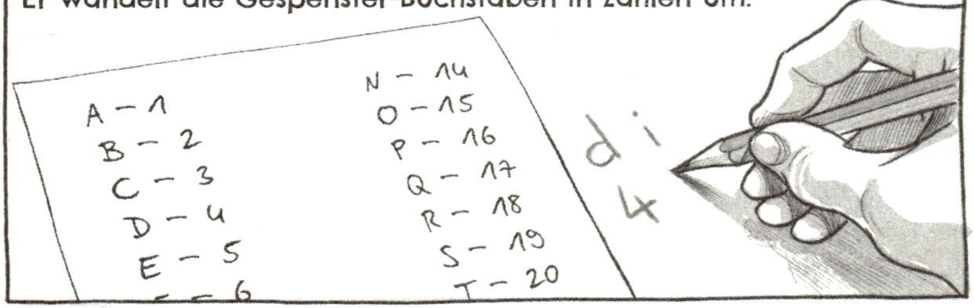

Am Schluss stehen sechs Zahlen auf seinem Zettel.

Hm, die kommen ihm irgendwie bekannt vor.

Moritz grinst. „Ich glaub, mich knutscht ein Geist!“

Das ist die Telefonnummer seiner Tante!

Moritz ruft sofort an. Auf dem Anrufbeantworter ist eine Nachricht. Moritz soll dringend Tante Isabella besuchen. Sie benötigt die Hilfe eines Gespenster-Experten.

Am nächsten Tag sitzt Moritz im Zug und fährt zu seiner Tante.

Er denkt an ihre geheimnisvolle Nachricht auf der Mailbox.

Regensburg Hauptbahnhof. Gespensterjäger Moritz ist bereit für seine Mission.

Seine Tante umarmt ihn.
Cousine Stella und Cousin Kamil sind auch da.
„In unserem Haus spukt es", flüstert Kamil Moritz ins Ohr.

Moritz mag das alte Haus von Tante Isabella.
Es ist total gemütlich.

Abends erzählt Moritz’ Tante von klappernden Fenstern, rumpelnden Stühlen und Schritten auf dem Dachboden.

„Ich wette, das ist ein Urururopa von Mama.“

Stella hat einen Verbrecher in Verdacht, Tante Isabella die Nachbarjungs Franz und Jakob.
Moritz schüttelt den Kopf. Das muss ein Gespenst sein!

Aus dem Wohnzimmer kommt Lärm. Was kann das sein?

Jetzt wacht auch Kamil auf:
„Der Spuk geht wieder los!“

Leise steht Moritz auf.
Seine Knie fühlen sich ganz weich an.

„Nicht erschrecken", sagt Moritz zu Stella. „Wir sind's nur."
Zu dritt schleichen sie hinunter ins Wohnzimmer.
KRACH!
Ein Stuhl fällt um.
Es wird eisig kalt. Stella sieht im Spiegel ein gruseliges Gesicht. „Uaaahahaha!", lacht jemand.
Der Vorhang bauscht sich. Dann geht die Terrassentür auf.

Kamil leuchtet mit der Taschenlampe. „Franz, Jakob? Seid ihr das?“

Kamil lässt den Lichtkegel über die Wiese und die Sträucher wandern. „Da ist niemand.“

„Wir waren zu langsam“, stöhnt Moritz. „Das Gespenst ist längst über alle Berge.“

Am nächsten Morgen ist Moritz' Gespensterbuch weg. Jemand hat es geklaut.
Moritz, Stella und Kamil stellen Franz und Jakob zur Rede.
Doch die streiten alles ab.
„Haut ab, ihr Zwerge!", sagt Jakob.

Wütend und enttäuscht müssen sie gehen. Steckt vielleicht doch ein Gespenst hinter dem Spuk? Leider hinterlassen Gespenster keine Spuren ...

Sie brauchen einen Plan. Einen Anti-Spuk-Plan!

Stolz klatschen sich die drei ab, als der Plan steht.

Mitternacht. Das Gespensterbuch schwebt im Zimmer von Moritz und Kamil.
Uaaahahaha!!
Das Gespenst liest einen Witz daraus vor.
„Trööööt!“, macht Kamil.
Das Gespenst flieht mit dem Buch durchs offene Fenster.

Am nächsten Morgen knallt eine Stinkbombe gegen die Mauer neben dem Küchenfenster.
Würg! Ekel...
„Das ist die Rache für euer Verhör!“, brüllt Jakob.
Franz und Jakob rennen ins Nachbarhaus und verrammeln die Tür.
Wieder im Garten zurück, lässt Kamil Dampf ab. Er kickt einen Fußball so weit, wie er kann.

Steine und Erdklumpen spritzen durch die Gegend.

Stella holt den Fußball aus dem Erdhaufen neben dem Gartenteich.

Da entdeckt sie Moritz' Buch. Hat das Gespenst es geklaut?

Und wer hat die vielen Löcher unter der Kastanie gegraben? Der Gärtner oder das Gespenst?

Kurz vor Mitternacht klingelt Moritz' Wecker.
Zu dritt legen sie sich auf die Lauer.
Plötzlich ist es eisig kalt. Wie in einem Kühlschrank. Moritz spürt wieder einen Luftzug.
Er nickt Stella und Kamil zu. „3, 2, 1 … LOS"!
„Zeig dich endlich!", fordert Moritz.

Beim Gartenteich klappert es. Der Spaten des Gärtners schwebt durch die Luft. „Endlich!“, jubelt eine Stimme.

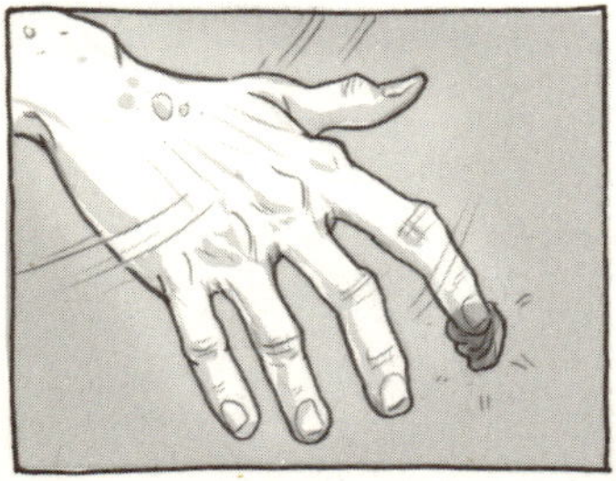

Da bleibt das Gespenst an einem Kaugummi hängen. „Menschenspucke macht Gespenster sichtbar“, flüstert Moritz aufgeregt.

Kamil klettert in das Erdloch hinunter.
„Ich hab was gefunden“, ruft er.

Am nächsten Morgen gehen die drei auf Schatzsuche.
Mannomann, ist das spannend! Moritz' Herz klopft schneller, als er auf etwas Hartes stößt.
Sie graben eine Keramikschale voller Schmuck und alter Münzen aus. Es ist ein Römerschatz!
Sie graben die Schale wieder ein.
Bestimmt kommt das Gespenst wieder ...

Da ist der Sandalen-Mann! Er nimmt den Spaten und beginnt zu graben.

„Was für ein Glück!“, jubelt er und will mit dem Schatz abhauen.

„Halt!“, ruft Kamil und rennt auf den Römer zu.

Das Gespenst entschuldigt sich. Es wollte mit dem Buch Deutsch lernen.

Und es schwört:
„Der Schatz gehört mir!“

Das Gespenst erzählt: „Ich bin Lucius.
Vor 2000 Jahren war hier ein römisches Lager.
Ich war der Anführer.
Plötzlich griffen uns Feinde an.
Schnell versteckte ich das Gold
meiner Familie in einer Abfallgrube.

Ich sagte zu meiner Frau: ‚Flieht in die Wälder. Ich komme mit dem Gold nach.'
Aber ich starb im Kampf, und das Lager wurde verwüstet.
Ich bin schuld: Wegen mir musste meine Familie hungern. Ich hätte ihnen das Gold mitgeben sollen."

Lucius seufzt. „Schon lange spuke ich und suche nach dem Schatz. Endlich habe ich ihn gefunden.
Ich will ihn armen Kindern schenken. Aber wie soll ich die Münzen verteilen? Für andere bin ich unsichtbar."
„Ist echt blöd für dich", sagt Kamil. „Tja, da kann man nix machen."
„Natürlich kann man da was machen. Wir helfen dir."
„Das würdet ihr wirklich tun?" Lucius strahlt.

Moritz, Stella und Kamil sprechen mit Tante Isabella.
„Die Gespensterjäger waren erfolgreich“, berichtet Moritz.
„Und wir haben was ganz Tolles gefunden.“
Tante Isabella schnappt nach Luft.
„Was ist ... DAS?“
„Ein Römerschatz.“
„Dürfen wir ihn behalten?“
SWAG
SWAG

Wenn in Bayern ein Schatz gefunden wird, dürfen der Finder und der Besitzer des Fundortes ihn sich teilen.

Tante Isabella geht zu einem Museum. Die melden den Fund bei der Denkmalpflege. Archäologen von der Stadt schauen sich die Fundstelle und den Schatz an.

Er ist richtig wertvoll. Das Museum will den Schatz kaufen!

Lucius ist glücklich. „Im alten Rom würde ich jetzt ein Festmahl für euch geben: Schnecken, gebratene Mäuse und Schweineeuter mit Aprikosen.“
„Äh ... das ist wirklich nicht nötig“, versichert Kamil.
„Bitte wünscht euch was, meine Freunde.“
Moritz grinst. „Du könntest bei Franz und Jakob spuken.“
Das macht Lucius sehr gerne.

Einige Tage später ...
Zur Feier des Tages spukt Lucius noch mal so richtig und überzieht den Garten mit einer Eisschicht.
„Hurra! Die Kinder haben das Geld bekommen."
Lucius ist nicht zu stoppen, bis alle aus Versehen im Teich laden.
Platsch!
Danach verabschiedet sich Lucius für immer. „Valete, lebt wohl, meine Freunde."
Lucius breitet die Arme aus und fliegt hinauf zu den Sternen.

Moritz, Stella und Kamil kehren traurig ins Haus zurück.

Moritz wirft seine Münze in die Luft. „Kennt ihr den schon? Ein Gespenst beim Frisör: ‚Einmal waschen und schneiden bitte. Ich komme in einer Stunde wieder.‘

Nachwort der Autorin

Die Idee zu dieser Geschichte hatte ich bei einem Besuch im Historischen Museum in Regensburg. Der »Schatz von Kumpfmühl« in der Abteilung Römerzeit hat mich besonders beeindruckt.

1989 wurde bei Bauarbeiten in Regensburg ein ähnlich großer Römerschatz wie in diesem Buch gefunden, der »Schatz von Kumpfmühl«: ein Bronzekessel voller Schmuck und Münzen aus der Zeit des römischen Kaisers Mark Aurel (121–180 n. Chr., Kaiser ab 161). Es handelte sich dabei offenbar um einen Familienschatz, etwa eines Offiziers und seiner Frau, die ihr wertvolles persönliches Eigentum 166 n. Chr. (oder bald danach) im römischen Kastell in einer Abfallgrube versteckten. Das Historische Museum Regensburg hat den Schatz damals mit finanzieller Unterstützung durch einen Förderkreis gekauft und der Finder hat Geld dafür bekommen.

Die Regelung bei Schatzfunden unterscheidet sich von Bundesland zu Bundesland. In Bayern greift in einem solchen Fall der sogenannte Schatzparagraf § 984 aus dem Bürgerlichen Gesetzbuch: »Wird eine Sache, die so lange verborgen gelegen hat, dass der Eigentümer nicht mehr zu ermitteln ist (Schatz), entdeckt und infolge der Entdeckung in Besitz genommen, so wird das Eigentum zur Hälfte von dem Entdecker, zur Hälfte von dem Eigentümer der Sache erworben, in welcher der Schatz verborgen war.«

Laut Denkmalschutzgesetz in Bayern ist das gezielte Graben nach archäologischen Funden verboten. Bodenfunde müssen dem Bayerischen Landesamt für Denkmalpflege gemeldet werden, damit diese die Fundstelle und die gefundenen Gegenstände untersuchen und dokumentieren kann.

Im Buch tauchen zwei Goldmünzen auf. Bei beiden ist auf der Vorderseite der römische Kaiser Mark Aurel mit Lorbeerkranz abgebildet. Die Aufschrift »M ANTONINVS AVG ARMENIACVS« bedeutet: Marcus Antoninus Augustus, Sieger über die Armenier. Bei der Münze, die Moritz am Ende der Geschichte in die Luft wirft, ist auf der Rückseite die römische Siegesgöttin Victoria abgebildet.

Ich bedanke mich für die freundliche Unterstützung und fachliche Beratung bei Dr. Andreas Boos, dem Leiter der archäologischen Abteilung bei den Museen der Stadt Regensburg.

München, den 20. September 2016
Henriette Wich

© Sabine Plaschka

DIE AUTORIN

Henriette Wich, geboren 1970, wuchs mit sechs Geschwistern, drei Katzen und vielen Büchern auf. Nach ihrem Studium arbeitete sie als Lektorin. Seit 2000 ist sie freie Autorin und hat zahlreiche Kinder- und Jugendbücher geschrieben, darunter viele Krimis der erfolgreichen Reihe »Die drei !!!«. Henriette Wich lebt mit ihrer Familie in München.

© tsew. christian köhler

DER ILLUSTRATOR

Timo Grubing, geboren 1981, studierte Illustration an der FH Münster und lebt seit seinem Diplom 2007 wieder in seiner Geburtsstadt Bochum. Als freier Illustrator ist er in den verschiedensten Bereichen tätig: Er bebildert Kinder- und Schulbücher, Rollenspiele und arbeitet regelmäßig für Magazine und Agenturen.